Einaudi. Stile Libero Big

www.einaudi.it

ISBN 978-88-06-26209-9

Emanuele Aldrovandi
Il nostro grande niente

Einaudi

Il nostro grande niente

alla ragazza con gli occhi grandi

La morte non esiste piú
non parla piú, non vende piú
mio folle amore.
La vita non uccide piú
i nostri baci, i nostri sogni
e le parole
il tempo non le imbianca piú
e non si seccano
a lasciarle stese al sole.

BAUSTELLE, *La morte (non esiste piú)*

Parte prima

La tua vita senza di me

Giorno zero

Se l'universo restasse fermo, anche solo per un secondo, la gravità lo farebbe collassare su sé stesso.

Per questo motivo, nonostante io sia appena morto, i pianeti continuano a roteare intorno alle proprie stelle, le galassie procedono nel loro costante allontanamento le une dalle altre e tu giri la chiave nella porta di quella che fino a qualche ora fa era casa nostra.

Ci saremmo dovuti sposare fra pochi giorni, quindi, non essendo ancora mia moglie, hai evitato per un pelo di diventare una vedova. Ma non è una gran consolazione e tu, ovviamente, non stai guardando le cose da questa prospettiva.

Sul bordo del lavandino è ancora appoggiata la tazza del latte. Come sempre mi sono scordato di far partire la lavastoviglie. Il computer è aperto sul tavolo, esattamente dove l'ho lasciato. Bottiglia d'acqua da un lato e pacchetto di grissini alle olive dall'altro, resti di una mattina passata a scrivere e sgranocchiare. Sul runner di lino un po' di briciole, ma non è detto che siano recenti, probabilmente appartengono a qualche grissino del passato. Le ciabatte sono di fianco alla sedia, nel corridoio. Sono la prima cosa che noti, mentre entri in casa. Me le avevi regalate il mese scorso per sostituire quelle vecchissime che a me piacevano ancora, ma in effetti avevano concluso il loro ciclo vitale, *dài, non puoi andare in giro a trent'anni con delle ciabatte coi buchi che neanche mio nonno.*

Le guardi un attimo e non dici niente. Con te ci sono tua madre e tuo fratello, che non hanno voluto lasciarti da sola.

Tua madre si avvicina ai fornelli, prende la moka e ci versa dentro l'acqua, poi mette il caffè, la chiude e accende il fuoco.

Tu fissi la mia tazza in bilico sul bordo del lavandino, *non capisco perché, con tutto lo spazio a disposizione, metti sempre le cose in bilico.*

Tua madre la solleva e sta per sciacquarla, ma tu la fermi. – No, aspetta –. Gliela togli di mano e ci guardi dentro. Sul fondo, ancora bagnato, un sottile strato di latte. Te la porti alle labbra e ci infili il naso per sentire il profumo del caffè misto al cacao.

Scoppi a piangere.

Tuo fratello ti abbraccia e ti fa sedere sul divano con lui. Ti stringe forte, senza parlare. Tua madre versa il caffè in tre tazzine e te ne passa una. Poi apre un pacchetto di biscotti, non i baci di dama, *li compra apposta per te*, ma i Grancereale, che tu hai sempre detto *sono buonissimi* e a me invece non sono mai piaciuti.

Allunghi la mano e ne prendi uno, ma non lo avvicini neanche alla bocca.

– È da stamattina che non mangi.

– Non ho fame.

Però dopo un paio di sorsi di caffè, quasi senza pensarci, dài un morso a un biscotto e nel giro di un minuto ne hai già mangiati due. Per un attimo ti stupisci che nonostante la disperazione le papille gustative della tua lingua riescano a far partire un impulso per comunicare alle sinapsi del tuo cervello che *sono buonissimi.*

Di fronte a te la libreria bianca, piena di libri messi a caso. Alcuni in orizzontale, alcuni in verticale, altri pericolosamente in bilico. *Dovremmo metterli a posto*, quante volte ce lo siamo detti, ma non l'abbiamo mai fatto. Principalmente a causa di un disaccordo di fondo sul metodo: tu avresti preferito un criterio estetico – dividerli per colore – o al massimo un compromesso enciclopedico – metterli tutti in ordine alfabetico – io invece insistevo per il criterio semantico: dividerli per genere.

Ma se hai sempre detto che i generi non esistono.

Infatti sono divisioni arbitrarie, ma altrimenti non so mai dove cercarli.

Basta che ti ricordi il colore della copertina.

Io ti ho risposto è vero, ma nella mia testa ci sono già troppe informazioni inutili, non posso ricordarmi anche il colore delle copertine di tutti i libri che abbiamo. Tu l'hai presa come una mancanza di attenzione, *allora mettili a posto da solo.*

In realtà, visto com'è andata a finire, sono contento di non aver mai impiegato una serata a spostare dei libri che tanto adesso non potrei vedere, ma di averla passata, non so, a fare l'amore, o a guardare un film, o a cena fuori. *Queste sono solo giustificazioni postume al fatto che non hai mai voglia di mettere in ordine.*

Sí, è vero.

Ma sarebbe stato bello anche spostare dei libri, se l'avessimo fatto insieme.

Hai ragione.

Ti ricordi una delle prime volte che sei venuta a trovarmi, quando stavo a Milano? Avevamo appena smesso di essere «solo amici», ma non eravamo ancora niente di piú. Io abitavo in un monolocale talmente piccolo che se salivi in piedi sul letto e allungavi le braccia potevi toccare tutte e quattro le pareti. Nel frigo avevo solo latte e birra.

Eravamo andati a bere da qualche parte vicino a Porta Genova e dopo a teatro. Uno spettacolo sulla vita di Oscar

Wilde. Poi eravamo tornati a casa a piedi e ci eravamo persi perché a Crocetta invece di voltare a destra eravamo andati dritti – o invece di andare dritti avevamo voltato a destra, non mi ricordo – e a forza di chiacchierare senza guardare dove andavamo c'era mancato poco che finissimo a San Donato. A un certo punto ci siamo messi a parlare del futuro, *il vantaggio di uscire con qualcuno che conosci già è che non ti fai illusioni perché sai in anticipo i suoi difetti.*

E quali sarebbero i miei difetti?

Tanti.

Dimmene uno.

Che non sei affidabile.

Tipo uno di quei personaggi belli e dannati?

No, tipo uno di quelli brutti e distratti.

Ma come brutti?

Scherzo, dài, non sei male. Però non è che quando passi, le ragazze si voltano a guardarti.

Ah, grazie.

Volevo farti un complimento.

Pensa se avessi voluto offendermi.

Comunque, a parte gli scherzi, la cosa peggiore è che pensi solo a te stesso. E io non voglio stare con uno che pensa solo a sé stesso.

Cosa vuol dire che penso solo a me stesso?

Che non rinunceresti mai a qualcosa che puoi avere tu, per lasciarlo a qualcun altro che magari ne ha piú bisogno di te.

Io ci ho riflettuto un po' e ti ho risposto hai ragione, ma non escludo di riuscire a cambiare, prima o poi. Tu però mi hai gelato subito: *non farlo per me, che magari fra due mesi torno a Londra e non ci vediamo piú.*

All'inizio eri sempre cosí, appena ti accorgevi che ti eri aperta troppo, ti richiudevi subito, come un riccio.

Lo facevo per proteggermi, non era ancora niente di serio.

Non immaginavamo certo che saremmo stati insieme cosí tanto tempo. E di sicuro non immaginavamo che quel tanto tempo sarebbe poi improvvisamente diventato cosí poco.

Di fianco alla libreria, una mensola con sopra un cactus. Non ti ricordi se Gaston III o Gaston IV. Non siamo mai stati bravi a far sopravvivere le piante grasse, ma dare a tutte lo stesso nome era un modo per sentirci meno in colpa e conservare una certa linea di continuità.

L'idea è stata mia.

Sei sempre stata piú attenta di me ai dettagli.

Di fianco al cactus, una cornice di legno con dentro una nostra foto in spiaggia a Levanto. Era una delle prime volte che andavamo al mare insieme.

Tu avevi i capelli corti e biondissimi.

Io non avevo la barba.

Ridevamo perché non eravamo sicuri che l'autoscatto ci avrebbe inquadrato bene, *vedrai che sarà tutto cielo con due teste tagliate.*

Nel frattempo tua madre e tuo fratello ti abbracciano.

Una da una parte e uno dall'altra.

Ti fanno sentire che ti sono vicini.

Che ti vogliono bene.

Sul nostro divano.

Giorno uno

Dormi dai tuoi e poi ti fai accompagnare alla camera ardente.

I miei genitori sono già lí.

La nonna paffuta è aggrappata al braccio di mio padre. La nonna generalessa e il nonno con il cappello sono seduti di fianco alla bara, in silenzio, sconvolti.

Quando mia madre ti vede entrare, ti chiama per nome e ti corre incontro. Ti abbraccia forte, ti tiene stretta e muove le mani sulla tua schiena, come se attraverso di te potesse in qualche modo sentirsi in contatto con me.

Mio padre resta due passi indietro. Anche lui, che ha sempre un'opinione su tutto, stavolta non sa cosa dire. Probabilmente ha paura che le parole gli si piantino in gola e lo facciano piangere, cosa che gli risulterebbe inaccettabile perché «un uomo non deve mai farsi vedere piangere».

Vuole essere all'altezza dei suoi cliché sugli «uomini», ma soprattutto vuole essere un sostegno. Per mia madre, per sua madre, per tutti. Come sempre. E quindi cerca di tenersi ogni cosa dentro, come una pentola a pressione sigillata che si sforza di non crepare, di resistere alla spinta dell'aria e piú si sforza, piú crepa.

Ti sembrano molto piú vecchi dell'ultima volta che li hai visti, anche se è passato solo un giorno.

– Quante volte gliel'ho detto di non guardare il cellulare mentre guidava.

Tu non sai cosa risponderle. Lei allora continua a parlare, mentre singhiozza, e dice che non è possibile, che non le sembra vero, che ha perso tutto, che non le rimane piú niente.

Vorresti consolarla, ma non sai neanche come consolare te stessa, per cui resti in silenzio.

La nonna paffuta ti accarezza la guancia con la sua mano che è sia secca, sia morbida. – Come sei bella, – ti dice.

Durante la giornata passano anche i nostri amici.

Banderuola piange come se gli fosse morto un fratello.

Il violento sta in disparte e non minaccia di dare pugni a nessuno. Quando vede gli altri, li stringe e basta, con una delicatezza che non ti aspetteresti, da lui.

Alcuni, tipo l'imprevedibile, non vogliono entrare e stanno fuori nel piazzale a fumare con addosso gli occhiali da sole. Altri restano qualche minuto nella camera ardente e mi guardano in faccia per un'ultima volta.

Amarezza si avvicina al biondino col dente spezzato e al subacqueo, scuote appena la testa e dice quello che tutti si aspetterebbero da lui, cioè: – Che amarezza.

Lo spaventapasseri è l'unico che prega. – Padve nostvo che sei nei cieli, sia santificato il tuo nome, venga il tuo vegno, sia fatta la tua volontà... – e di sicuro, mentre lo fa, pensa alle nostre infinite diatribe teologiche. Lui e il violento erano gli unici, fra i miei amici, a credere in Dio, ma il violento non aveva mai voglia di parlarne, «Cazzi tuoi. Io ci credo. Se tu non ci credi, non crederci». Lo spaventapasseri invece ha sempre avuto un'indole piú affine al proselitismo, forse perché sperava che, convincendo gli altri, avrebbe convinto in modo definitivo anche sé stesso.

Ci sono ex compagni del liceo, persone con cui ho giocato a basket e tanti amici attori e attrici, alcuni che conosci bene e che ti abbracciano forte, certi che invece hai visto solo poche volte o che magari ti ho presentato di sfuggita dopo qualche spettacolo, *com'è che si chiama lei?*

Sono tutti gentili con te. La cugina bionda ti dice di telefonarle, se ti serve qualcosa. Tu la ringrazi, ma ti sembra di non avere bisogno di niente.

Alla sera torni a casa nostra e chiedi di restare da sola.

Sali per la scala di ferro e ti fermi in mezzo alla camera. Il letto è ancora come l'avevamo lasciato. Il piumone a quadratini grigi arrotolato all'altezza dei piedi. I due cuscini uno sull'altro, al centro del letto, *mi piace che stiamo sempre dieci minuti abbracciati dopo che è suonata la sveglia, prima di alzarci*.

Anche quella mattina l'avevamo fatto. La tua testa appoggiata sulla mia spalla in un incastro perfetto. A un certo punto io mi ero alzato, per primo, come sempre. Dopo essere andato in bagno ero sceso per iniziare a preparare la colazione. *Chi l'avrebbe detto che saresti diventato uno di quelli che preparano la colazione alla fidanzata*. Tu ti eri infilata in fretta i vestiti che avevi scelto la sera prima, ti eri truccata, mi avevi raggiunto, avevi bevuto il cappuccino e mangiato un biscotto, mi avevi dato un bacio e poi eri uscita dicendomi *ci vediamo stasera*.

Ci ripensi e non riesci a non piangere.

Guardi le nostre foto, quelle attaccate al muro con lo scotch colorato e quelle disposte in fila sulla cassettiera. Ce n'è una di quando avevamo appena iniziato a uscire insieme e tu non volevi che lo sapesse nessuno, soprattutto i nostri amici, *che se poi non funziona dobbiamo dire a tutti che ci siamo lasciati*.

Poi vacanze.

Serate.

Concerti.

Cene da soli o con altri.

Cerchi di ricordarti dove e quando è stata scattata ogni singola immagine, ma smetti subito perché ti fa stare troppo male.

Ti giri dall'altra parte e l'occhio ti cade sull'armadio aperto con le mie camicie in bella vista, *questa non puoi averla comprata veramente, non ci credo che te la metti.*

Perché?

Perché è da donna.

Non è da donna.

Guarda i bottoni.

Hai ragione, è da donna.

Fammela provare, che se non mi sta troppo larga, la uso io.

Chiudi l'armadio, torni giú dalle scale e ti siedi sul divano. Prendi il cellulare e inizi a guardare Instagram, passando da una foto all'altra in modo compulsivo. Poi apri Facebook e cerchi qualche persona a caso, piú che altro persone particolari o strane, quelle che riescono sempre a stupirti, nel bene o nel male.

Soprattutto nel male.

Non è vero, dài.

Perché sei spietata.

Sono solo curiosa.

Provi a ridere di qualcosa che in circostanze diverse ti avrebbe sicuramente fatto ridere. Ma non ci riesci.

Dopo mezz'ora scrivi il mio nome e vai sul mio profilo.

Per un attimo ti dispiace non avermi mai chiesto la password del computer. Vorresti aprirlo, entrare sui social, cancellare sia i commenti strappalacrime sia quelli forzatamente ironici, eliminare gli account e bloccare tutto. Ma poi pensi che magari a me farebbe piacere leggere post altisonanti di gente che mi elogia solo perché sono morto, «Il teatro italiano non sarà piú lo stesso», «Te ne sei andato troppo presto», «Ora puoi insegnare l'ironia agli angeli», e allora ti dici che forse è meglio cosí, è meglio non avere la tentazione.

Prendi una coperta dalla cassetta di legno che abbiamo verniciato insieme e te la metti sulle gambe. Sposti i cuscini e ti sdrai, appoggiando la testa su quello azzurro a pallini bianchi che abbiamo comprato a Copenaghen. Spegni la luce e continui a guardare il telefono, cercando di distrarti.

Non ci provi neanche, a dormire.

Dopo qualche ora, torni a pensare a me. Immagini di avermi lí davanti e mi chiedi *dove sei adesso, amore?* Ma io non sono da nessuna parte e questo è un vero peccato. Sarebbe bello se una volta morti si potesse uscire da sé stessi per sedersi qualche minuto nel cinema deserto in cui è stata proiettata la propria vita. Almeno per guardare i titoli di coda e farsi le classiche domande che ci si fa alla fine dei film.

Mi è piaciuto?

Di cosa parlava?

Quali erano i personaggi piú importanti?

Ha avuto un qualche senso?

Giorno tre

Oggi c'è stato il funerale.

Il sacerdote era lo stesso che avrebbe dovuto sposarci. Durante l'omelia ha raccontato che il giorno prima di iniziare il corso prematrimoniale ero andato in sagrestia a dirgli che non credevo in Dio.

Ci avevo tenuto a spiegargli che la mia non era una posizione superficiale. La Bibbia l'avevo studiata e sottolineata tutta, ma non mi aveva convinto. La prima parte era troppo eterogenea, scritta in epoche diverse e poi assemblata in modo squilibrato da gruppi di sacerdoti-editor che non si erano messi d'accordo bene fra loro, «Questo lo togliamo», «Questo lo lasciamo», «Questo lo traduciamo dall'ebraico», «Questo lo prendiamo dal greco», «Questo va cambiato perché è in contraddizione con quello che hanno scritto trecento anni prima», «Al *Qoelet* ci dobbiamo aggiungere una moraletta finale, se no sembra nichilista», e cosí via.

Della seconda parte invece, pur essendo molto piú organica e suggestiva, non mi convinceva proprio l'aspetto centrale: la resurrezione. Non potevo farci niente. Mi sembrava impossibile. Ero come san Tommaso, che aveva avuto bisogno di infilare le dita nel costato di Gesú, ma io non avevo a portata di mano nessun costato, non avevo niente in cui infilare le dita e anche se per tanti anni ci ho provato sul serio, in modo sincero, non ce l'ho mai fatta a crederci davvero. Mi è sempre sembrata una conclusione puramente metaforica.

E se la resurrezione è una metafora, allora cambia la prospettiva con cui si va a rileggere tutto il resto: rimane una bellissima storia, ma non c'è piú niente di trascendente.

– Quindi ti sposi in chiesa solo per accontentare la tua ragazza?

No, non ci crede neanche lei.

– Ah.

Però abbiamo pensato che, se vogliamo giurarci amore eterno, preferiamo farlo di fronte a qualcosa che nella nostra cultura rappresenta l'eternità. O perlomeno il desiderio di eternità, l'idea che dentro di noi ci sia qualcosa di piú, rispetto alla materialità dei nostri corpi destinati a dissolversi nel nulla.

– E in questo ci credete?

Be', in realtà no.

E quando il sacerdote ha detto cosí, riportando le mie parole con un tempo comico perfetto, in chiesa un po' di persone si sono messe a ridere, *ti rendi conto, sei riuscito a far ridere il pubblico anche durante il tuo funerale.*

Sei orgogliosa di me?

Sí, ma non è il primo sentimento che provo.

In quel momento lo spaventapasseri ha sussurrato a banderuola: – Non ci cvedo, è andato a fave polemica anche col pvete che doveva sposavli.

Il violento era di fianco a lui, dalla parte opposta, e gli ha dato una gomitata secca e precisa, per farlo stare in silenzio, ma il rumore del gomito sulle costole e l'urletto improvviso dello spaventapasseri hanno raggiunto un volume superiore al tono che lui aveva appena usato, attirando l'attenzione di mezza navata.

Anche tu ti sei voltata e li hai visti lí, uno di fianco all'altro, i miei migliori amici, che un po' piangevano e un po' ridevano. E hai pensato che quello, nonostante tutto, mi avrebbe fatto piacere.

Banderuola ti aveva telefonato la sera prima, per dirti che avrebbe voluto organizzare un funerale laico, con i ricordi delle persone care, alcune delle mie canzoni preferite e una sbronza collettiva di commemorazione. Tu eri d'accordo, ma gli hai sconsigliato anche solo di proporlo ai miei genitori. Lui ha capito e ti ha detto «Va bene».

Poi il sacerdote ha concluso il racconto del nostro dialogo. Gli avevo detto che io e te non ci credevamo, in Dio, nell'eternità e nella resurrezione, però avremmo tanto voluto che esistesse davvero una forza trascendente piú potente della morte. E quindi nel momento in cui avevamo deciso di sposarci, rispetto a farlo di fronte al funzionario di uno Stato nazionale che esisteva solo grazie a un'arbitraria divisione del mondo in confini, preferivamo farlo di fronte al rappresentante di una cosa altrettanto arbitraria – la religione cattolica – che però almeno aveva al centro della sua arbitrarietà un desiderio simile al nostro.

Lui era rimasto in silenzio per qualche secondo.

Non mi aveva chiesto, come io invece prevedevo, perché non avessimo scelto un rito induista o musulmano, o perché non ce ne fossimo scritti uno da soli. Aveva fatto due o tre volte sí con la testa e aveva concluso che il nostro desiderio, seppur scettico, ci avvicinava comunque a Dio.

E anche durante l'omelia funebre aveva ripreso lo stesso concetto, trasformando il mio scetticismo in una forma di comunione con Cristo. – Che ora sta aprendo le braccia per accogliere il nostro fratello nella sua misericordia.

Tu hai guardato la bara in mezzo alla navata, coperta di fiori profumati. Hai ripensato a poco prima, a quando gli addetti delle pompe funebri avevano fatto uscire tutti dalla camera ardente e avevano sigillato lo zinco con la fiamma ossidrica. E hai scosso la testa, *non c'è proprio niente di misericordioso, eh.*

No.

Chissà se almeno lui ci crede, quando lo dice.

Adesso è sera, sei con tua madre che ne approfitta per rimettere un po' in ordine la casa. L'ingresso. Il letto. L'armadio. I piatti in lavastoviglie.

Mentre ti spogli per farti la doccia e butti i vestiti sporchi nel sacco della biancheria, vedi una mia maglietta bianca, una di quelle coi bottoni in alto, che usavo sempre per stare in casa. Te la vorresti avvicinare al naso, ma la ributti dentro. Con rabbia.

Inizi a singhiozzare e prendi lo spazzolino, aggiungi un po' di dentifricio – quello con i microgranuli, il mio preferito – accendi la stufetta elettrica, cominci a lavarti i denti e intanto apri l'acqua della doccia.

Quando l'acqua è calda, entri. Metti la testa sotto e lasci che il getto si porti via le lacrime.

Dopo un attimo salta la luce. Un riflesso automatico ti fa gridare: – Amore! – ma il grido ti si soffoca in gola. *Lo so, lo so, non devo accendere la stufetta mentre va la lavastoviglie, scusa.*

Tua madre entra in bagno e ti trova accovacciata per terra nella doccia, con il getto d'acqua sulla testa. Resta lí con te, seduta sul panchetto di legno. Non dice niente. Vuole farti sentire che non ti lascia sola.

Dopo esserti asciugata, la accompagni giú dalle scale, per salutarla, e noti che all'ingresso non ci sono piú né i miei cappotti né il mio trench verde.

– Dove li hai messi?

– Nell'armadio.

– Perché?!

Lei non risponde e ti abbraccia.

Appena esce dalla porta, le mandi un messaggio per ringraziarla e dirle che le vuoi bene.

Poi prendi il mio computer e provi a entrare, mettendo password banali tipo la mia data di nascita, il mio nome con il giorno in cui sono nato o combinazioni numeriche ovvie tipo uno due tre quattro cinque sei sette.

Ma non funziona.

Resta sempre la stessa schermata iniziale, quella con la foto di noi due, di spalle, nella medina di Marrakech.

Giorno sette

Nella piccola casa editrice in cui lavori non siete in tanti e la tua mancanza, seppur per pochi giorni, si è fatta sentire. Ma adesso che sei tornata i tuoi colleghi sono molto comprensivi e l'editore ti dice di non avere fretta: – Ricomincia con calma, prenditi il tempo di cui hai bisogno.

Lavori solo al mattino, chiami gli autori dei libri illustrati di cui ti stai occupando per sapere come procede il lavoro e rispondi a una parte delle mail arretrate, poi al pomeriggio torni a casa.

Alla sera vai a cena dai tuoi genitori che ti preparano tre o quattro piatti diversi. Hanno paura che quando sei da sola non mangi abbastanza.

Tuo fratello ti chiede di guardare un film insieme, ma appena apre il computer per cercarne uno, a te viene in mente la puntata della serie che abbiamo lasciato a metà. Cerchi di non pensarci, mentre scorri insieme a lui le «novità» sulle varie piattaforme streaming, ma in realtà ci pensi. Pensi a tutte le piccole cose che condividevamo ogni giorno, che ti sembravano cosí normali e invece adesso ti mancano cosí tanto.

Nelle «novità» non c'è niente che t'interessa e allora tuo fratello ti propone *Django Unchained*, che hai già visto tre volte, ma continua a non annoiarti.

Quando partono i titoli di testa, con la *title track* e gli schiavi che camminano fra le rocce, ripensi alle nostre preferenze cinematografiche, alle affinità – molte – e alle divergenze – poche, ma significative. Per colmare quella che mi sembrava la piú grave, ti avevo chiesto di guardare almeno una volta *Star Wars* prima del matrimonio.

Perché prima?

Perché non posso sposare una che non ha mai visto *Star Wars*.

Ma dài, con il cane di cartone.

Non è un cane di cartone, è Chewbacca, uno Wookiee.

Uno Wookiee?

Sí.

Lo sai che non mi piacciono i film con gli animali strani.

Ma gli animali sono il contesto, la cosa importante è la storia di Anakin che prima è il cavaliere Jedi che dovrebbe riportare l'equilibrio nella forza, poi però per paura di perdere Padme si lascia sedurre dall'Imperatore che gli promette di farlo diventare talmente potente da riuscire a salvarla e cosí lui passa al lato oscuro, stermina gli altri Jedi e si trasforma in Darth Vader, ma con queste azioni finisce per far morire proprio la persona che invece avrebbe voluto salvare, cioè Padme.

E il cane di cartone?

È l'amico di un altro personaggio. Ma tu lascia perdere i costumi, le spade laser e le astronavi, il punto è l'archetipo che c'è sotto.

E qual è?

Eh, se ti vedi le prime due trilogie lo capisci.

Tu mi hai guardato come si guarda un bambino che fa i capricci e mi hai risposto *va bene, cavaliere Jedi, ma dopo il matrimonio*.

Avevamo già organizzato tutto, anche la canzone da mettere durante il taglio della torta, *There Is a Light That Never Goes Out*, la piú triste degli Smiths. Ci sembrava una cosa divertente. A contrasto. Forse è stata lei a portare sfiga.

Nella seconda scena di *Django*, quando il dottor King Schultz spara allo sceriffo e chiede di parlare con il vicesceriffo, invece di sorridere, tu inizi a piangere. Tuo fratello mette in pausa.

– Devo telefonare a tutti per dire che il matrimonio è annullato.

– Lo sanno, lo sanno già.

Alla fine del film, dopo che Django se n'è andato a cavallo con la sua Broomhilda, tu saluti tuo fratello e i tuoi genitori, ma prima di tornare a casa resti qualche minuto in quella che una volta era la tua stanza.

Ti siedi sul letto e guardi il muro. Sulle mensole ci sono solo soprammobili che non ti piacciono, *quelli belli li ho portati a casa nostra.*

Nella libreria semivuota sono rimasti libri a cui non tieni e altri di quando eri piccola, ai quali sei ancora legata ma che non hai portato per motivi di spazio.

Ti alzi e apri l'armadio. Ci sono vestiti vecchi che non ricordavi di avere. Ne tiri fuori alcuni. Un maglioncino di lana pesante, rovinato dopo un lavaggio. Una gonna che usavi durante il liceo per andare a ballare. Un paio di jeans in cui non entreresti piú. Una T-shirt corta. Una giacca di pelle scura, molto stretta.

Te li provi tutti, tranne i jeans, e quando ti guardi allo specchio è come se vedessi un fantasma.

Una te stessa di qualche anno fa.

Che non esiste piú da nessuna parte, se non nel ricordo di quei vestiti.

Giorno quindici

Al lavoro le cose hanno ricominciato a funzionare normalmente. Telefonate a raffica, libri da chiudere e scadenze all'ultimo minuto. Ieri ti sei anche scordata di un appuntamento. Un disegnatore è venuto da Roma apposta per incontrarti, ma tu eri a Milano a parlare con altre persone di un altro progetto. Quando le tue colleghe ti hanno telefonato per dirtelo, ti sei sentita mortificata. L'hai richiamato subito e gli hai proposto di riprogrammare l'incontro, che gli avresti offerto il pranzo.

Non hai usato la mia morte come una scusa.

Tu l'avresti fatto.

Certo, io ho fatto morire un sacco di gente, piú e piú volte, solo per nascondere la mia distrazione.

Ieri sono passati i miei genitori. Hanno preso un po' delle mie cose e ti hanno lasciato l'armadio mezzo vuoto. Anche la libreria è mezza vuota. Molti libri li hai regalati ai miei amici, soprattutto a banderuola, che mentre li infilava nello zaino ha iniziato a raccontarti di tutti quelli che abbiamo letto contemporaneamente durante l'università e di quando sulla prima pagina de *Il metodo delle scienze storico-sociali* gli ho scritto a pennarello «Non fidarti di Max Weber, fidati di me». Tu gli hai chiesto il motivo di quella frase, lui ha fatto la tipica espressione di quando si concentra perché deve dire qualcosa di complesso e come al solito è partito da lontanissimo. Dal fatto che lui, quando non era d'accordo con quello che leggeva in un libro, si limitava a pensare «non sono d'accordo», io invece avevo un approccio piú aggressivo, prendevo un pennarello nero e mi mettevo a rispondere all'autore morto. O a insultarlo. Una volta, su un libro di Kant, nel capitolo in cui spiegava che dentro ogni essere umano esistono dodici forme a priori dell'intelletto, avevo scritto: «E come fai a dire che sono dodici? Hai spaccato il cranio a qualcuno per cercare l'intelletto? Perché non possono essere tredici, undici o cinquantasette?» E poi, nella pagina successiva, un grosso punto di domanda ben calcato che copriva tutto il paragrafo e la scritta «È tutto arbitrario, cazzo».

Tu hai riso, ma gli hai fatto notare che questo non c'entrava niente con Max Weber.

– Eh, no, invece è proprio qui che arriva Max Weber.

Max Weber credeva fosse possibile analizzare e conoscere la realtà in modo oggettivo, bastava escludere dall'analisi i propri giudizi soggettivi.

– Ma come si fa a escludere i propri giudizi soggettivi, senza essere influenzati da questi giudizi? È una cosa impossibile. È un gatto che si morde la coda –. E noi infatti, a differenza di lui, non ci credevamo.

Non credevamo nell'oggettività, nei principî assoluti e neanche nella possibilità di conoscere davvero il mondo. Se non fosse una frase che appena la pronunci diventa subito ridicola, tipo i nichilisti grotteschi del *Grande Lebowski*, direi che non credevamo in niente.

Quando sollevavamo le nostre obiezioni – io a Filosofia e banderuola a Scienze politiche – i professori ci davano dei «relativisti». Era un modo per liquidare le nostre domande come «non pertinenti», ma per noi è stato uno strumento pratico che ci ha permesso di riconoscere i nostri simili: ogni volta che un docente sminuiva un filosofo inquadrandolo come «relativista», noi ci segnavamo il nome, compravamo i suoi libri e poi ce li passavamo. In questo modo, parassitariamente rispetto a corsi di laurea che andavano in altre direzioni, abbiamo scoperto tutti i pensatori con cui ci sentivamo piú affini. Foucault, Lyotard, Vattimo e soprattutto Richard Rorty secondo il quale i libri di filosofia avrebbero dovuto essere spostati dagli scaffali della scienza e messi negli scaffali della letteratura. Perché la conoscenza oggettiva è impossibile. Manca un accesso diretto alla realtà che si vorrebbe conoscere. Ogni tentativo di descrivere il mondo non è altro che un'invenzione.

Una narrazione.

Era il periodo in cui dicevate sempre: «Non necessariamente».

Era come un jolly.

Dovete fare questo – non necessariamente.

Le cose stanno in un certo modo – non necessariamente.

La verità è che... – non necessariamente.

Eravate insopportabili.

Banderuola si è lasciato prendere dal discorso e ha cominciato a spiegarti l'importanza dell'approccio relativista applicato ai modelli sociali, al fatto che lui dieci anni fa si era iscritto a Scienze politiche proprio per questo, per non fermarsi a ragionare in modo astratto sull'entità delle cose, ma per avere un impatto sul mondo reale, partendo dal basso, da chi ha davvero bisogno.

– Poi probabilmente a cinquant'anni mi ammazzerò di canne per non pensare che non sono riuscito a combinare niente e cercherò di farmi le stagiste della cooperativa perché inconsciamente voglio annichilire il loro idealismo.

Tu hai riso di nuovo ma lui, da un'increspatura intorno ai tuoi occhi, si è accorto che stavi per piangere, perché ascoltarlo dire quelle cose in quel modo, in un certo senso, era come sentirlo parlare con me. Allora ha smesso. Ti ha abbracciata forte, stringendoti le spalle, e ti ha ringraziato per i libri.

– Sarebbe contento di sapere che qualcosa di suo è rimasto a te –. Non sai se è vero, ma glielo hai detto lo stesso.

In realtà non avresti voluto che smettesse, ti piaceva sentirlo parlare di noi, delle cose che pensavamo e che ci dicevamo, *siete assurdi, potreste passare una giornata intera a dibattere su cose astratte, senza mai chiedervi come state.*

Ci conosciamo da quando abbiamo sei anni. Lo sappiamo senza dircelo, come stiamo.

Anche quello che pensate, lo sapete già.

Sí, ma è divertente continuare a ripeterselo. E poi non si sa mai, uno può sempre cambiare idea.

Avresti voluto che banderuola passasse dalle riflessioni ai racconti, che tirasse fuori dalla memoria aneddotica condivisa una delle solite storie che ripetevamo sempre nelle serate insieme. Quando dal secondo piano ho buttato un'anguria sulla schiena dell'imprevedibile, quando ci siamo picchiati per una partita a scacchi, quando abbiamo usato una grossa pala come slittino e ci siamo lanciati di notte giú per la montagna innevata, evitando per un pelo tutti gli alberi. Oppure i viaggi, il coast-to-coast di notte da Livorno a Civitanova per vedere prima il tramonto e poi l'alba, le serate nello stanzino che suo padre ci aveva lasciato con un atto di buona fede immotivato, «per adesso non mi serve, potete andarci quando volete, basta che non fate danni», ma noi la prima sera abbiamo pitturato tutto di rosso, compreso il termo, «cosí scalda anche da spento», e l'imprevedibile ha quasi dato fuoco al divano con il narghilè, «cazzo tuo padre è matto, io non mi fiderei mai di uno come me». O magari qualche storia nuova, episodi che non sapevi, racconti di quando abitavamo insieme a

Bologna e lui passava da «vado a far la spesa e cucino io qualcosa di leggero» a «no, dài, niente cena, beviamo e basta», per poi cambiare idea di nuovo alle due di notte, come una vera banderuola, «ho fame, andiamo a vedere se c'è qualche lurido ancora aperto?»

Ma non glielo hai chiesto e lui non l'ha fatto.

Adesso è sera e sei stanca.

Apri il frigo azzurro e prendi un vasetto di marmellata. Poi accendi il fuoco, scaldi una fetta di pane e oltre alla marmellata di fragole ci spalmi anche il burro. Scrivi a quella che avrebbe dovuto essere la tua testimone: «Sto mangiando della roba dolce di notte, tanto non devo piú entrare nel vestito».

Lei ti chiama subito, ti propone di uscire e visto il tuo rifiuto dice che però vuole venire a trovarti. Tu accetti, ma dopo aver messo giú il telefono ti accorgi che la casa è in disordine. Allora accendi l'aspirapolvere, nonostante l'ora, e pulisci tutti i pavimenti. Poi vai in camera, sposti i cuscini e li rimetti a posto. È la prima volta che li tocchi. In questi giorni hai sempre dormito sul divano. Sotto il mio c'è un fazzoletto piegato male, lo prendi e lo metti fra la roba da lavare.

Sul comodino c'è il tuo anello di fidanzamento. Lo guardi e ripensi a quella giornata al mare in cui mi ero rifiutato di parcheggiare lontano dalla spiaggia, come facevamo sempre, *che è piú comodo perché almeno trovi posto subito*, e invece avevo girato per mezz'ora in attesa che si liberasse un posto sul lungomare, *ma che senso ha?*

Non potevi sapere che ti avevo comprato un anello, lo avevo nascosto nel vano della ruota di scorta e dovevo fare in modo che la macchina fosse abbastanza vicina, per poterlo andare a recuperare al momento giusto.

Perché poi l'avevi nascosto lí?

Perché in casa l'avresti trovato.

Bastava metterlo in un posto in cui non guardo.

E dov'è che non guardi? Che una volta al mese ti fai prendere dal demone del «rimettiamo tutto a posto» che poi si trasforma in un «rivoluzioniamo tutti gli ambienti».

Sempre esagerato.

Ma se una sera sono tornato a casa e il frigo era al posto del divano, il divano al posto della libreria e la libreria in mezzo alla stanza perché dove prima c'era il frigo non ci stava. Solo la scala di ferro era rimasta lí, ma se avessi avuto un flessibile, probabilmente avresti spostato anche quella, *sí anche i muri e le fondamenta.*

Quel giorno abbiamo fatto una passeggiata, abbiamo raggiunto una specie di molo, da cui si vedevano benissimo le onde che si infrangevano sulla costa. Ci siamo abbassati sotto un ponticello e siamo sbucati in un angolo in cui sembrava di essere da soli di fronte al mare.

Tutto il resto era escluso. Niente ombrelloni, niente bar, niente bambini che si tuffano, solo noi, qualche roccia e il moto perpetuo dell'acqua.

Un posto perfetto.

Solo che io non avevo l'anello.

Allora con una scusa ti ho detto che dovevamo tornare indietro. Tu eri seccata, perché il posto ti piaceva e saresti voluta rimanere lí, *ma ci sei appena andato, a pagare il parcheggio.*

Eh, ho messo solo cinquanta centesimi. Non avevo altre monete. Adesso però mi fermo al bar e li cambio.

Mentre tu tornavi a sdraiarti sul telo, io ho raggiunto la macchina, ho recuperato l'anello e sono tornato da te: facciamo una passeggiata?

Ma l'abbiamo appena fatta.

Dài.

Ma perché?

Volevo fare una foto da quell'angolo bello sul mare.

E non potevi farla prima?

Non ci ho pensato.

Vai tu, io adesso ho voglia di stare a prendere un po' il sole.

Va be', allora andiamo dopo insieme.

Ti ho risposto cosí, ma poi sono rimasto in piedi, di fianco al telo steso sulla sabbia.

Mi fai ombra.

Dài, per favore, cinque minuti.

Tu hai sbuffato e io ho intravisto l'incombere di un litigio che avrebbe potuto rovinare la mia proposta di matrimonio. Ma tu, sorprendentemente, hai detto *okay, va bene, vengo.*

Quando siamo arrivati lí, invece del cellulare, dallo zaino ho estratto la scatolina con dentro l'anello e ti ho chiesto se ti andava di sposarmi. Lo so che una proposta di matrimonio con l'anello è banale, ma non è che non dobbiamo fare le cose banali solo perché sono banali, anche questo sarebbe banale, giusto?

E se ti dicessi di no?

Poi sei scoppiata a ridere. E mentre ridevi ti sei anche un po' commossa. E mi hai baciato. Lo posso prendere per un sí?

Va bene.

Alla sera siamo andati a cena e a un certo punto, mentre aspettavamo che arrivassero gli antipasti, mi hai preso la mano e mi hai detto *sei stato bravo a non farti scoprire, se avessi capito che volevi chiedermelo, ti avrei detto di no.*

Io ti ho risposto lo so, ti conosco.

Tu hai stretto forte la mia mano e hai guardato l'anello.

Quello stesso anello che adesso è lí, sul tuo comodino.

Dopo averlo osservato un po', lo prendi in mano.

Te lo infili.
Te lo togli.
Poi lo riappoggi e ricominci a mettere in ordine.

Giorno trentuno

In casa c'è ancora un gran profumo di pizza. Stasera sono venute le tue amiche a cena. Mentre condivi il pomodoro con l'origano, ti è venuto in mente che all'inizio io non ero convinto della pizza fatta in casa, preferivo prenderla da asporto, ma tu hai insistito, *guarda che è piú buona, fidati.*

Poi mi è piaciuta talmente tanto che ho persino imparato a fare l'impasto. Ero lí, su quello stesso piano di legno dove hai appena tagliato la mozzarella a cubetti, e tu mi guardavi, *lo sai che sei proprio diventato un bravo pizzaiolo?*

Ma hai smesso subito di pensarci perché non volevi rovinarti la serata.

Le tue amiche ti hanno detto che dovevi guardare avanti. E tu hai pensato: «Ma che cazzo ne sapete voi, di come mi sento». Però le hai abbracciate e le hai ringraziate.

A un certo punto eri sul terrazzino a fumare con quella che avrebbe dovuto essere la tua testimone e lei ti ha parlato di quando era morta sua madre. Ti ha detto che alla fine non c'era niente da fare, se non stare male. E che l'unica cura sarebbe stata il tempo.

Ti è sembrata la frase migliore, fra quelle che avevi sentito nell'ultimo mese. Te la sei ripetuta per tutta la sera, anche quando parlavate d'altro e loro cercavano di attirare la tua attenzione per distrarti.

L'unica cura è il tempo.

L'unica cura è il tempo.

L'unica cura è il tempo.

Te la stai ripetendo anche adesso, mentre cerchi senza troppo successo di incastrare i piatti nella lavastoviglie, *era una cosa che di solito facevi tu.*

Suggerirei di dividerli per tipo, cosí occupano meno spazio.

Eh, bravo, suggerisci, suggerisci.

Non prendertela, è una cosa ovvia.

Ah, quindi esistono le cose ovvie? Non è tutto «non necessariamente»?

Quando finisci, metti il detersivo e la fai partire. Di colpo hai un'illuminazione. Prendi il computer, lo apri e come password scrivi «nonnecessariamente».

Non funziona.

Allora scrivi «nonnecessariamente», seguito dalla mia data di nascita.

Funziona.

Quanto sei prevedibile, a volte.

All'improvviso ti senti pervasa da una strana eccitazione. Lo sai che quello che stai per fare non va nella direzione del «guardare avanti», ma non te ne frega niente. Ti siedi sul divano con il computer sulle ginocchia e ti metti ad aprire cartelle e file, giri a caso nel desktop e fra i documenti, come se stessi facendo una gita all'interno della mia mente.

Ci sono appunti, immagini, fatture, bozze di cose che stavo scrivendo, locandine, recensioni, di tutto. C'è anche un file con una sceneggiatura. Il ragazzo col naso da pugile mi aveva convinto a provarci col cinema, «Apro una casa di produzione, iniziamo con un cortometraggio, dài che coi film si fanno i soldi, altro che il teatro». Io ero entusiasta. Non vedevo l'ora. Tu mi dicevi *ma sei sicuro? E se poi non sei capace?* E io tranquilla, guarda che all'accademia ho studiato anche cinema.

Sí, ma non l'hai mai fatto.

Appunto. Il modo migliore per imparare le cose è cominciare a farle.

Ripensi alla mia incoscienza, che a volte ti preoccupava, ma era anche uno degli aspetti del mio carattere che ti piaceva di piú.

A un certo punto trovi una foto di scena del mio primo spettacolo. Per la maggior parte dei nostri amici era già strano che mi fossi iscritto a Filosofia: «E dopo, il lavoro?», ma cosa fossi andato a fare per tre anni a Milano in un'accademia di teatro era un punto di domanda ancora piú grande. «Il teatro, ma perché?», «Esiste ancora?», «E poi?»

Quella sera però eravate venuti tutti.

Dopo gli applausi e i saluti, lí fuori dall'ingresso del foyer, al freddo, tu mi avevi detto *non avrei mai immaginato che ci saresti riuscito.*

Ah, grazie.

Ma no, era per dire che sei stato bravo. Lo spettacolo era particolare.

Particolare.

Poi ho visto l'intervista che ti hanno fatto e hai detto delle cose interessanti, anche se parlavi troppo veloce.

Ero emozionato.

Devi allenarti un po', se no sembri un ragazzino che è capitato lí per caso.

Dài, non mi criticare sempre.

Dovresti essere contento, critico solo le persone a cui tengo.

Quindi ci tieni, a me?

Certo, sei uno dei miei migliori amici.

E forse non te l'ho mai detto ma in quel momento – saranno stati i capelli raccolti da una fascia colorata che ti lasciava scoperto il viso mettendo ancora piú in risalto i tuoi occhi grandi, o le labbra inumidite dal vino, la pelle leggermente abbronzata da qualche viaggio fuori stagione o forse gli sguardi di un paio di persone che ti spogliavano con gli occhi, non lo so – ecco, in quel momento mi ero stupito di conoscerti da cosí tanto tempo e non aver mai pensato di provarci con te. E mi era venuta voglia di baciarti.

Davvero?

Sí, ma non l'ho fatto perché sapevo già che mi avresti detto *ma sei scemo? Vuoi rovinare tutto?*

Giorno sessantatre

È venerdí. Prima di tornare a casa passi dal cimitero e mi porti dei fiori, ma ti innervosisci perché ce ne sono già tanti e sei costretta a mettere i tuoi per terra. Il problema dei fiori per terra è che non si capisce mai di chi sono, *lo so che per te sono cazzatine, ma io ci tengo.*

Alla sera ordini del sushi a domicilio in un posto nuovo che hanno aperto da poco. Non nel solito, dove lo prendevamo noi.

Avresti voglia di leggere, ma non sai cosa. Ti ricordi quando in spiaggia in Grecia mi hai letto ad alta voce tutta la *Trilogia della città di K.*? Avevo la testa appoggiata sulle tue gambe e ogni tanto mi chiedevi *non starai mica dormendo, eh?* No, no, vai avanti, mi piace sentirti leggere.

Apri il computer e guardi qualche video a caso, mentre in mano tieni il cellulare aperto su Instagram. Il sacco del misto è pieno e nessuno l'ha portato fuori. Era una cosa che di solito facevo io.

Dovresti finire una presentazione di lavoro, ma non ne hai voglia. Apri un sito immobiliare e cerchi: «Appartamento in affitto a Reggio Emilia». Ti appaiono tanti risultati, ma non clicchi su nessuno. Continui a sfogliare verso il basso, *che fatica abbiamo fatto a trovare questa casa, però è bella.*

A me piaceva stare a Milano, tu volevi tornare a Londra, ma alla fine abbiamo deciso di cercare una casa qui, nella nostra città, in centro.

Chi abita fuori di solito si lamenta della Ztl e dei parcheggi, ma a noi è sempre piaciuta l'idea di poter uscire a piedi, o in bici, e avere tutto comodo.

In primavera, ogni tanto, quando tornavi a casa in treno, io ti venivo a prendere in stazione senza avvisarti. Aspettavo sulla mia bici, di fianco alla tua parcheggiata. Tu arrivavi sovrappensiero con le chiavi del lucchetto in mano e appena mi vedevi spalancavi gli occhi e mi facevi un cuoricino con le dita, senza che le altre persone ti vedessero. Poi facevamo un giro e ci fermavamo fuori a bere qualcosa, oppure andavamo direttamente a casa e ci aprivamo una birra sul nostro terrazzino.

Proprio mentre pensi a com'era stato difficile trovare una casa col terrazzino, chiudi il sito immobiliare senza aver aperto nessuna scheda e ti rimetti a guardare Instagram.

Ma le foto delle colazioni ti ricordano le nostre colazioni, le foto dei libri ti ricordano i nostri libri e le foto delle vacanze ti ricordano le nostre vacanze. Allora ti sforzi di pensare ai momenti in cui litigavamo, ma anche quello non funziona, perché ti mancano anche i nostri litigi. Ti mancano le volte in cui perdevo la testa e iniziavo a urlare e ti manca quando tutto dispiaciuto ti venivo a chiedere scusa perché avevo esagerato, *non ti sopporto piú*.

Ti mancano i *non ti sopporto piú*.

Ti mancano gli *hai esagerato*.

E ti mancano i *voglio stare con te per sempre*.

Metti via il telefono e guardi altri video sul computer. Dagli occhi ti scendono lacrime grosse e fresche, come se fosse passato solo un giorno da quando me ne sono andato.

Decidi che domani andrai a trovare i miei genitori,

per sapere come stanno e per chiedergli se hanno bisogno di qualcosa.

Poi inizi a rispondere alle mail di lavoro, ma proprio in quel momento suona il campanello: è arrivato il sushi.

Giorno centoventisette

In bagno il mio accappatoio e le mie ciabatte non ci sono piú.

Le lenzuola le hai già cambiate almeno una decina di volte, in questi mesi, e in casa ci sono sempre meno tracce di me. Però l'altra sera hai fatto le patate al forno per tuo fratello che è venuto a cena e l'odore del rosmarino abbrustolito ti ha ricordato quando le cucinavamo insieme e io ne volevo ogni volta di piú, *se ne pelo cinque ne vuoi sei, se ne pelo sei ne vuoi sette, sono troppe.* E io ti rispondevo: scommettiamo che non ne rimangono?

Al lavoro sta andando tutto a meraviglia. Avete concluso un accordo con un autore molto famoso che scriverà un libro illustrato per voi, *sarà il progetto piú importante della casa editrice. O almeno, quello con piú aspettative.*

La cosa bella è che hanno deciso di affidarne a te la cura.

Avresti voglia di dirmelo e di festeggiare insieme. Ti viene in mente che all'inizio, quando hai cominciato come stagista, io ti sostenevo tantissimo, ti dicevo impegnati per riuscire a fare quello che desideri, ma stai tranquilla che se anche le cose non vanno bene, non succede niente. Vorresti dirmi grazie e vorresti che sapessi che ce la stai facendo.

Ieri sera sei uscita a cena con il gruppo di vecchi amici. Non li vedevi da un po', ma era il compleanno del puntiglioso, aveva invitato tutti e non potevi mancare. Siete andati in una di quelle trattorie che piacciono a lui, col menu fisso e le portate abbondanti, e avete mangiato un sacco. Tu eri seduta vicino alle tue amiche, avete bevuto vino rosso e chiacchierato fino a tardi. Poi ti sei fatta riaccompagnare a casa e hai dormito quasi subito, senza neanche struccarti.

Oggi hai un po' di hangover, ma per fortuna è sabato.

Avevi deciso di stare in casa, però verso sera cambi idea, ti vesti ed esci. Per le vie del centro ci sono coppie che passeggiano abbracciate, gruppi di liceali che parlano a voce alta con in mano bicchieri di plastica mezzi vuoti, cinquantenni sbronzi e ragazzine elegantissime.

Cammini da sola, arrivi in piazza Prampolini e poi ti fermi in piazza San Prospero. Sui gradini della chiesa, di fianco ai quattro leoni di marmo, gruppi di ragazzi che chiacchierano. In mezzo alla piazza, distese di tavolini pieni di gente e bicchieri. Ti sposti in piazza Fontanesi e vorresti entrare da qualche parte per bere qualcosa, ma non sai dove. E non sai cosa. Allora continui a camminare.

Senza meta.

A un certo punto incontri amarezza, che sta bevendo una birra con gente che non conosci, in piedi, in piazza della Legna. Gli chiedi come sta e lui ti risponde: – Normale, sto cercando di far venir sera, – con quel suo tono neutro che non capisci mai se sta facendo una battuta o sta dicendo sul serio. Una notte in vacanza al mare stavamo tutti dormendo, io sono andato in bagno e l'ho visto sdraiato nel suo letto, con gli occhi spalancati che guardava il soffitto. Gli ho chiesto ma non dormi? E lui: «Quando hai visto la verità, non ce la fai piú a dormire».

E qual è la verità?

«L'amarezza».

Quante volte me l'hai ripetuta, questa storia?

È stato un momento molto poetico.

È sempre cosí, ogni volta che incontri qualcuno dei miei amici, ti torna in mente qualcosa che ti ho raccontato di loro.

Gli auguri buona serata e ricominci a camminare, direzione casa.

In corso Garibaldi un ragazzo ti saluta, ma non sai chi è.

Dopo un po' che parlate, ti ricordi che è un amico di una tua compagna del liceo, conosciuto alla sua laurea. Quando ti chiede: – E tu cosa mi racconti? – non gli dici che è appena morto il tuo ragazzo e che vi sareste dovuti sposare. Non sai perché, non glielo dici e basta.

Ti chiede se ti va di bere qualcosa con lui. Tu ci pensi e vorresti accettare. Anche perché sai che da sola non entreresti in nessun locale. Però lui ti sembra strano. Le cose che dice non ti interessano, ma ti viene il dubbio che la colpa sia tua. Lo guardi un attimo e in realtà è un ragazzo carino, però in un certo senso è come se fosse un alieno. E non hai voglia di passare la serata con un alieno.

Lui ci rimane male, ma rilancia subito: – Magari ci sentiamo nei prossimi giorni e facciamo un aperitivo insieme?

– Va bene, – dici tu, poco convinta. Lo saluti con due baci sulle guance e procedi verso casa.

Non hai piú voglia di stare in giro. Non vedi l'ora di metterti il pigiama e chiuderti nel letto, sepolta dalle nostre lenzuola.

Sarebbe bello poter piegare il tempo in due, come se fosse un foglio di carta, farci un buco e congiungere il presente con il passato. Io potrei essere ancora vivo, nel passato, e attraverso quel buco potrei allungare la mano e stringere la tua, nel presente.

Ma le piú recenti teorie della fisica non sono ottimiste rispetto a questa possibilità. Anzi, sembra proprio che, se anche esistessero altre dimensioni, molto probabilmente sarebbero arrotolate su loro stesse e infinitamente piccole, tanto da essere invisibili. Quindi sarebbe impossibile farci passare attraverso un oggetto, perfino se fosse minuscolo.

Figuriamoci una mano.

Giorno duecentocinquantacinque

Ieri sera sei andata a letto con un tuo ex. Uno che non vedevi da anni, ma che continuavi a sentire regolarmente per gli auguri di Natale e di buon compleanno.

Oggi ti senti in colpa.

Guardi le mie Clarks scamosciate infilate sotto il mobile in sala. Sono il mio unico capo di abbigliamento rimasto esposto, perché non sai dove metterle e la scarpiera è già piena. Vorresti portarle dai miei genitori, ma non hai voglia di vederli. Valuti l'ipotesi di buttarle via o di regalarle, ma non sai quale delle due cose mi darebbe piú fastidio. Le metti in una borsa dell'Esselunga e ti dici che non dovresti piú pensare a quello che mi dà fastidio oppure no.

Però non è facile.

Prendi il cellulare e fai scorrere lo schermo per arrivare ai nostri messaggi. Ci sono ancora tutti. L'ultima cosa che ti avevo mandato era un cuore rosso con scritto che mi mancavi.

Anche tu mi manchi.

Dopo un po' prendi il mio computer, scrivi la password, entri, apri il finder e digiti il tuo nome, poi clicchi su cerca. Il primo file che appare è stato modificato per l'ultima volta proprio il giorno dell'incidente. Ti aumentano appena i battiti e senza rendertene conto cambi la postura con cui sei seduta. Lo apri e dall'intestazione capisci che stavo scrivendo qualcosa riguardo al nostro matrimonio. Una specie di lettera per dirti... *per dirmi?* Be', la devi leggere, se fosse stata una cosa da una riga ti avrei scritto un messaggio, se ho scritto una lettera...

E quando pensavi di darmela?

La sera prima del matrimonio.

Passi il dito sul cursore avanti e indietro, in modo rapido, per capire la lunghezza del file. E senti una strana eccitazione, che è piú forte della normale curiosità. Ma allo stesso tempo non sai se iniziare a leggere oppure no: stai cercando di «andare avanti», e questa è una di quelle cose che le persone che ti dicono «vai avanti» ti consiglierebbero di non fare.

Tu però non sei mai stata una che segue troppo i consigli. Ti piace sentire che stai sbagliando di testa tua.

La lettera inizia con scritto che domattina, noi due, ci sposeremo. E non è scontato che un futuro marito intrattenga una corrispondenza prematrimoniale con la sua futura moglie, ma quelli che lo fanno, di solito, tendono a parlare d'amore. Io invece vorrei parlarti delle scimmie.

Ma dài, che inizio è?

Lo so, è un argomento che non ti aspettavi, ma secondo le piú diffuse teorie evolutive gli esemplari della nostra specie discendono proprio dalle scimmie. E c'è stato un momento, probabilmente all'inizio del nostro percorso evolutivo, in cui anche noi vivevamo in sintonia con la natura. Non perché ce ne fregasse qualcosa degli altri esseri viventi, ma solo perché non avevamo ancora i mezzi per soggiogarli.

In quell'epoca lontana si crede che gli esemplari della nostra specie andassero a caccia con strumenti rudimentali, raccogliessero frutta dagli alberi, cercassero di non farsi uccidere dagli altri predatori e praticassero quello che oggi viene chiamato «multiple love», cioè ognuno si accoppiava con chi voleva. O, meglio, l'esemplare maschile piú forte si accoppiava con tutti gli esemplari femminili che riusciva a immobilizzare contro un albero, finché un altro esemplare maschile non gli spaccava la testa con una pietra e prendeva il suo posto.

Come le scimmie.

In un contesto del genere è facile immaginare che il concetto di «amore» non fosse al centro delle riflessioni quotidiane.

Ci sono voluti millenni prima che la nostra specie assistesse a un'evoluzione del processo di accoppiamento. Sembra che alcuni esemplari maschili, a un certo punto, per scongiurare il rischio di essere uccisi da esemplari piú forti, abbiano creato un escamotage sociale di cui probabilmente non immaginavano il successo e che piú o meno poteva essere riassunto cosí: «Ogni esemplare maschile ha diritto ad almeno un esemplare femminile di sua unica proprietà, da poter immobilizzare contro un albero a suo piacimento». Tale pratica si è poi diffusa in tutto il mondo col nome di «matrimonio».

Ma anche in questo caso nessuno dei nostri antenati si preoccupava troppo di chiedersi cosa fosse l'amore. L'invenzione di questo concetto risalirebbe infatti a vari millenni dopo, precisamente al momento in cui gli esemplari femminili hanno iniziato a ribellarsi: «Basta, non voglio sposare l'uomo che hanno scelto i miei genitori per me, voglio sposare l'uomo di cui sono innamorata!» Cioè: «Se ci volete immobilizzare contro un albero, dobbiamo essere d'accordo anche noi».

L'inserimento della nozione di «consenso» all'interno del processo di accoppiamento avrebbe quindi stravolto i modelli sociali e obbligato gli esemplari maschili a un cambio di approccio che è stato molto difficile da accettare e al quale tuttora, purtroppo, non tutti sembrano essersi abituati.

A me invece piace. Sia perché sono cresciuto con una serie di valori che bla bla bla. Ma soprattutto perché in un contesto triviale sarei stato sicuramente uno dei primi a finire con il cranio spaccato, invece nella nostra società protocivile posso giocarmi carte seduttive che altrimenti sarebbero completamente inutili, tipo la simpatia.

Però non posso fare a meno di chiedermi se quando ti dico «ti amo», in realtà, non stia solo dicendo che vorrei accoppiarmi con te in modo stabile, con il tuo consenso e senza il rischio che qualche post-scimmia mi spacchi una pietra in testa.

Ma allora che senso avrebbe sposarsi?

Ci ho riflettuto molto, negli ultimi giorni, e sono arrivato alla conclusione che in effetti no, non ha nessun senso.

Che scemo che sei.

Che ero.

Ti verrebbe voglia di sorridere di nuovo, ma non ce la fai. Senti il dolore che sale e pensi che forse avrebbero avuto ragione quelli che ti avrebbero detto di non leggere la lettera. Però continui.

Nella seconda parte c'è scritto che anch'io, da buona post-scimmia, mi sono avvicinato a te mosso piú che altro da istinti copulativi.

Fino a quel momento, in effetti, la nostra amicizia era stata abbastanza equilibrata. Anzi, un po' sbilanciata a mio favore, che ero piú grande, ero sempre via perché studiavo in un'altra città, avevo tante cose da fare – o comunque dicevo di averle – e ti cercavo molto meno di quanto tu non cercassi me.

Ma quella sera di fine estate si è ribaltato tutto. Ero uscito con i miei ex compagni di classe, una cena organizzata all'ultimo momento dal politico con la voce grossa per salutare il venditore di frigoriferi agli eschimesi che stava per trasferirsi a Hong Kong, dove avrebbe cercato di vendere vestiti al popolo che aveva inventato la seta.

Come sempre, una volta appurato che avremmo pagato alla romana, il violento ha iniziato a ordinare antipasti, primi, secondi e bottiglie di vino una dopo l'altra. Io e il cinico silenzioso abbiamo deciso di provare a reggere il suo ritmo: ogni volta che lui ordinava, noi rilanciavamo. Abbiamo finito che quasi non ci reggevamo in piedi.

Prima di tornare a casa mi sono fermato allo stanzino che ci aveva prestato il padre di banderuola, dove ormai passavamo tutti i postserata. Tu eri lí con la ragazza che va a cavallo. Eri appena tornata da Londra, ma ti stavi già organizzando per ripartire. C'erano anche banderuola, il puntiglioso e quello che non beve la birra, che ovviamente era il piú ubriaco di tutti perché ogni volta che qualcuno ne apriva una, lui si versava del Rum.

Quando sei scesa per fumare, ti ho accompagnata.

Perché, che non fumi?

Io allora ho provato a baciarti e tu, come previsto, mi hai detto *ma sei scemo? Vuoi rovinare tutto?*

Poi hai aggiunto anche *dài, smettila, che sei sbronzo.*

Io ho incassato il rifiuto e sono andato a letto, ma la mattina dopo ti ho scritto che sí, ero sbronzo, ma forse avrei provato a baciarti anche da sobrio.

Be', io ti avrei rifiutato anche da sobrio.

Perché?

Perché siamo amici.

Questa è una scusa.

Ah, non siamo amici?

Sí.

Allora non è una scusa, è la verità.

Io ti ho risposto che anche la verità può essere una scusa e tu mi hai mandato solo una faccina che rideva, lasciandomi per un'ora a guardare il telefono in attesa di altri messaggi, che ovviamente non sono mai arrivati.

Se la seduzione fosse una partita a ping-pong, tu saresti un'avversaria che dice *no, grazie, non voglio giocare*, però poi quando la pallina arriva nel suo campo, muove appena la racchetta e la ributta indietro. Velocissima. Angolata. Quasi sempre sugli spigoli. *Ci sei stasera con gli altri?*

Muori dalla voglia di vedermi?

Okay, sto a casa.

Prometto che non ti parlo.

Va bene, allora vengo.

Per me è diventata una sfida, che all'inizio non aveva quasi a che fare con te, ma solo con il mio orgoglio: volevo fare punto. Almeno uno.

Ti ho chiesto di leggere le cose che stavo scrivendo e darmi il tuo parere. Era solo una scusa per vederti, ma mi sono reso conto subito che i tuoi commenti erano puntuali e pungenti, molto piú di quanto mi sarei aspettato. Questo mi ha incuriosito e mi ha fatto venir voglia di conoscerti ancora di piú. Ho iniziato a concentrarmi, a osservarti, a cercare di capirti, come non avevo mai fatto prima. E col passare del tempo la forma del mio desiderio è cambiata: l'obiettivo non era piú solo fare punto, ma giocare. La passione verso l'accoppiamento, universale e quindi generica, si stava trasformando in un desiderio specifico di una persona specifica. Volevo proprio te, guardare i tuoi occhi, sentire il tuo profumo, battagliare con le tue risposte taglienti e scoprire tutte le cose che ti piacevano: le peonie in primavera, le ortensie secche in autunno, i romanzi di Carrère, i racconti della Nothomb, i Grancereale a colazione, la ricetta della pizza che in tutti gli altri modi viene meno buona, il profumo di cedro e tabacco, lo smalto scuro, i cactus con il nome, i cuscini di lino tinta unita, i viaggi in equilibrio perfetto fra il trattarsi bene e lo stare lontani dal turismo di massa, l'impasto per i biscotti da regalare alle amiche a Natale, la carta da pacchi marrone, le Polaroid attaccate con lo scotch colorato, i piatti, i vasetti, gli occhiali, il vino, ma come fai? Come fai ad avere una preferenza su tutto?

Non sono preferenze, sono gusti.

E io mi mettevo a ridere, perché mi sembrava assurdo che avessi cosí tanti «gusti». Per me la maggior parte delle cose poteva essere in un modo o nell'altro e sarebbe stato uguale, per te invece no. *Non è uguale, cambia tutto se una cosa è in un modo o nell'altro*, quante volte me l'hai detto?

Col tempo ho capito che c'era qualcosa di molto profondo in questo: rivendicare i tuoi gusti era un modo per non essere inghiottita dalla genericità del mondo.

Per vivere una vita specifica.

Solo tua.

Nella quale iniziavo a desiderare di esserci anch'io.

In pratica, ero fottuto.

Un giorno ho abbandonato completamente ogni residuo di dignità e ti ho detto che non riuscivo piú a stare senza di te. Tu mi hai risposto che stavo diventando troppo melenso, *mi piacevi di piú prima, vedi che è meglio rimanere amici?*

Io ci sono rimasto male e ho deciso di cambiare modo di giocare. Non piú all'attacco, a cercare di fare punto, ma progressivamente sempre piú blando finché senza preavviso ho smesso di buttare la pallina di là. Con la scusa di un festival di teatro in Spagna e le prove di uno spettacolo a Torino, sono sparito per quasi un mese. Tu non mi hai cercato e io non ho ceduto alla tentazione di scriverti.

Dopo due mesi sei stata tu a ricominciare a giocare, *c'è un concerto a Milano dei Radiohead, ti va se vengo a trovarti e ci andiamo insieme?*

E quella è stata la sera in cui abbiamo smesso di essere solo amici, *se dura solo due settimane però poi facciamo finta di niente, okay?*

Alla fine di questo racconto, nella lettera, c'è scritto che io continuo a pensare che l'amore non esista, ma allo stesso tempo me lo sento addosso. Nello stomaco. Negli occhi. Nelle mani. Nei capelli. Dappertutto. E riesco a riconoscerne i sintomi.

Uno: sono felice quando ti capita qualcosa di bello, come se fosse capitato a me.

Due: sono disposto ad ammettere di aver torto anche quando sono sicuro di aver ragione, *ma smettila.*

Tre: riesco ad accettare che la vita, probabilmente, sia priva di senso.

E qui inizia una breve digressione che parte da quando avevo diciott'anni e ho deciso di iscrivermi a Filosofia.

I miei genitori con te hanno sempre minimizzato, ti hanno detto solo che «non erano d'accordo», ma la verità è che sono impazziti, quando gliel'ho detto. Erano sia arrabbiati che delusi. «Ma come, eri cosí bravo in matematica».

Non riuscivano ad accettare che per me studiare Filosofia fosse cosí importante. «Ma perché? Perché?!»

La risposta sincera sarebbe stata mamma, papà, voglio sapere perché esistiamo e che senso ha la nostra vita. Al liceo siamo arrivati fino a Nietzsche che diceva piú o meno cosí: «Tutta la cultura occidentale, da Platone fino all'Illuminismo passando per il Cristianesimo, non è stata altro che una serie di illusioni che gli uomini hanno messo in atto per evitare di guardare in faccia la realtà, cioè che la vita non ha senso». Ma sono passati cento anni da quando Nietzsche è morto e magari nel frattempo qualcuno è arrivato a conclusioni piú confortanti. E io ho bisogno di saperlo.

Però mi vergognavo a dare una risposta del genere. Perché di fronte alla tabella con la classifica delle percentuali occupazionali di ogni facoltà – in cui Filosofia era penultima – mi sembrava una motivazione troppo intima e allo stesso tempo anche troppo astratta, quindi sono rimasto vago e ho detto solo mamma, papà, dài, provo un anno, poi al massimo cambio.

«Va bene, ma al primo esame che non passi, o che passi con un brutto voto, non ti diamo neanche piú i soldi per la retta universitaria».

Io ho accettato. E per adattarmi all'ambiente mi sono comprato un paio di Clarks scamosciate, dei pantaloni stretti a costine e una sacca di pelle in cui mettere i libri. Mi sono lasciato crescere i capelli e la barba e ho iniziato a usare alcune camicie vintage di mia madre – lei diceva «Vecchie! Sono vecchie!» – quelle su cui tu, quando abbiamo cominciato a uscire insieme, hai posto il veto: *O loro, o me.*

Ma queste sono tutte cose che sai. Quello che invece non ti ho mai detto – e non l'ho detto a nessuno, neppure a banderuola – è che anche dopo aver scoperto tutti quei pensatori relativisti che avevano i nostri stessi dubbi e dicevano le stesse cose che pensavamo noi, argomentandole meglio, io non ero comunque soddisfatto.

Rispondere sempre «non necessariamente» mi faceva sentire libero da ogni forma di dogmatismo, ma era anche un passo indietro rispetto a quel desiderio di conoscenza che mi aveva spinto a iscrivermi a Filosofia.

Ovviamente non potevo ammettere di aver sbagliato facoltà, per cui ho continuato a studiare e mi sono impegnato per passare gli esami, ma un po' alla volta ho smesso di seguire le lezioni e ho iniziato a imbucarmi sempre piú spesso al corso di Fisica nucleare, che mi sembrava il piú adatto per cercare di capire veramente quali fossero le leggi fondamentali che governano la materia e quindi la vita.

Il fine ultimo della scienza, in effetti, dovrebbe essere proprio questo: fornire una singola teoria che sia in grado di descrivere quello che succede nell'intero universo. E questa prospettiva ha generato in me un brevissimo spiraglio di ottimismo che però è stato spento quasi subito, quando mi sono reso conto che in pratica, visto che nessuno è ancora riuscito a trovare una teoria unificata, quello che hanno fatto finora gli scienziati è stato scomporre il problema in varie parti e inventare teorie parziali che magari funzionano benissimo nella propria parzialità, ma poi non sono compatibili e quindi, purtroppo, non possono essere tutte vere contemporaneamente.

Ma se anche un giorno si riuscisse a trovare un modello unificato che le fa coesistere in modo coerente, questo spiegherebbe come l'universo cambia con lo scorrere del tempo, però non darebbe una risposta al problema dello stato iniziale, cioè del perché sia nato tutto.

Una volta il professore con la pancia a forma di anguria ha parlato delle stringhe: sottilissimi pezzi di filo che non hanno nessun'altra dimensione se non la lunghezza, possono essere aperte e avere dei capi, oppure possono congiungersi con loro stesse e diventare stringhe chiuse. Sia quelle aperte che quelle chiuse possono unirsi ad altre stringhe, oppure dividersi in stringhe piú piccole. Tutto l'universo sembra essere composto da questi minuscoli fili senza dimensione, queste vibrazioni in continuo movimento che non possono essere osservate, ma che compongono tutto ciò che esiste nell'universo. Anche noi esseri umani, che quindi siamo sempre in connessione materica con il mondo che abbiamo intorno.

Verso la fine dell'ultima lezione ho preso coraggio, ho alzato la mano e ho chiesto perché, secondo la fisica, le stringhe si sarebbero unite in modo da formare galassie, pianeti ed esseri viventi, tipo noi?

Il professore con la pancia a forma di anguria mi ha risposto che tutti i problemi che iniziavano col «perché» potevano essere tranquillamente ignorati e lasciati alla filosofia e alla religione. Poi ha aggiunto: «Due discipline che nel passato hanno prodotto teorie validissime, tipo che il sole sorge perché è trainato da quattro cavalli alati, oppure che il mondo è sorretto da una serie di tartarughe che stanno in bilico una sull'altra».

Tutta l'aula è scoppiata a ridere. E io mi sono reso conto che piú approfondivo la ricerca di risposte, piú non facevo altro che moltiplicare le domande.

Sono rimasto sveglio tante notti, pensando a questa assurdità dell'esistere solo per poi sparire. E so che è successo anche a te, perché ne abbiamo parlato mille volte.

Ecco, quello che volevo arrivare a dirti, con questa lettera, è che finalmente riesco ad accettarlo.

Non perché ci abbia trovato un senso, ma perché quando ci stringiamo forte prima di dormire, nella nostra tipica posizione, è come se le stringhe che compongono il tuo corpo si aprissero per unirsi a quelle del mio. E le mie a quelle del tuo. Non siamo piú solo due post-scimmie unite in una relazione sentimentale-copulativa, ma qualcosa di piú: tu vivi un po' attraverso di me e io vivo un po' attraverso di te.

In quei momenti mi sento in grado di sopportare l'assurdità di tutto, perché almeno non la sto affrontando da solo, ma con te. E vorrei che domani celebrassimo questo, insieme.

Di colpo chiudi il computer, con uno scatto, *perché mi vuoi far stare male?*

Io non sto facendo niente.

L'hai scritta tu la lettera, no?

Sei tu che l'hai trovata.

Potevi dirmi di non leggerla.

No, non potevo.

Perché?

Perché questa non è davvero la mia voce e io non ti sto davvero parlando.

Vaffanculo! Vaffanculo cazzo! Ti alzi in piedi e ti metti a urlare. *Non potevi guidare bene?! Eh?! Non potevi guidare bene, brutto imbecille distratto?!*

Ma dopo un attimo ti rendi conto che stai urlando da sola, in piena notte, e ti assale uno strano senso di vergogna. Non tanto verso i vicini, ma verso te stessa. Allora vai al tavolo e ti riempi un bicchiere d'acqua. Fai un respiro grande, bevi, poi torni a sederti, *sono calma*. Riapri il computer, muovi appena il dito sul cursore e arrivi all'ultima pagina, dove ci sono solo poche righe.

C'è scritto ci vediamo domani all'altare.

Non garantisco che sarò sobrio.

Buonanotte.

Ti amo.

Giorno cinquecentoundici

Sei felicissima perché ti hanno offerto il posto di coordinatrice editoriale. Aumento di stipendio. Salto di livello. Piú responsabilità, ma anche una grande occasione, perché è vero che la casa editrice è molto piccola, ma tu non hai neanche trent'anni.

Mentre sei al massimo della felicità, pensi per un attimo a quanto sarei stato fiero di te.

E ti intristisci.

Per fortuna arriva il telefono a distrarti. Rispondi. È il tuo ragazzo.

Gli racconti la bella notizia e lui dice di festeggiare con una cena. Avete appena dato la caparra per un appartamento in affitto a Bologna e la settimana prossima inizierete a portare lí le vostre cose.

Lui avrebbe voluto comprarlo, ma tu hai detto di no.

Anche io avrei voluto comprare una casa. Ti avevo promesso che una volta tornati dal viaggio di nozze avrei iniziato a cercare online e a chiamare le agenzie.

A noi due piacevano le case in centro con il terrazzo. A lui le case in periferia con il giardino grande. Io però non volevo animali, al massimo un gatto. Lui invece vorrebbe due cani e di questo sei contenta perché anche a te piacerebbe avere due cani. Poi ci sarebbero tante altre differenze, alcune a mio vantaggio e altre no, ma ti fermi, perché non ha senso paragonarci.

Devi smetterla.

Io non ci sono piú.

Lui invece c'è.

È un dentista, ha otto anni piú di te e vi siete conosciuti durante una pausa pranzo. Tu eri con le tue colleghe, nel ristorante dove andate talmente spesso che vi salutano chiamandovi per nome. Lui era seduto qualche tavolo piú in là, non sai con chi, ha sentito la proprietaria pronunciare il tuo nome e quando si è alzato per pagare l'ha ripetuto. Tu ti sei voltata e l'hai guardato come a dire «Ci conosciamo?» Lui ti ha letto nel pensiero e ha risposto: «No, ma mi piacerebbe conoscerti».

Tu hai scosso la testa e hai fatto un gesto secco con la mano, tipo «no, grazie», poi ti sei rimessa a parlare con le tue colleghe. Ma qualche giorno dopo l'hai rivisto in stazione e lui ti ha salutata, di nuovo chiamandoti per nome, allora ti sei fermata a parlargli.

Ti sei detta che era bello poter conoscere una persona da zero. Incontrarsi in un momento qualsiasi della vita adulta, senza sapere nulla l'uno dell'altro. Tu potevi essere la te stessa di quel momento, senza che lui giudicasse i tuoi comportamenti filtrandoli con l'immagine della te stessa del passato. E questo valeva anche per lui, ai tuoi occhi.

Con me non è mai stato cosí. Ci siamo conosciuti troppo presto. Tu avevi quattordici anni e io diciassette. Te la ricordi la prima volta che mi hai visto?

No.

Io sí. Eravamo in autobus, quello a volte arancione e a volte blu che prendevamo tutte le mattine per andare in centro a Reggio, al liceo. Io in quarta e tu in prima.

Quarta ginnasio.

Solo perché a voi fighetti del classico piace sentirvi diversi.

La maggior parte dei viaggi li passavo in compagnia del mio nuovo lettore cd, del quale andavo fierissimo perché continuava a funzionare perfettamente anche se stava in tasca, in verticale. Ascoltavo i NOFX, i Rancid e tutti gli altri gruppi che io e il violento, ogni settimana, scoprivamo al *Metal Box*, dove il signor perbacco ci introduceva con entusiasmo al mondo del punk-rock, «Perbacco se è un bell'album», «Perbacco se te lo posso mandare a prendere», «Perbacco se c'è anche la maglietta». Quando abbiamo scoperto *Punk in Drublic*, il violento è impazzito per *Don't Call Me White*, ogni tanto durante la lezione me la urlava sottovoce nell'orecchio, e contemporaneamente mi dava un pugno fortissimo sulla spalla, come dimostrazione d'affetto. Io emettevo un gemito di dolore, l'insegnante si girava verso di noi e lui, in un secondo, tornava serio e composto, come se non avesse fatto nulla, con la sua faccia da bravo ragazzo con gli occhiali, che gli sarebbe poi tornata utile alla Bocconi e nella sua brillante carriera da responsabile delle risorse umane. Io invece avevo un'espressione involontariamente beffarda, che non riuscivo a togliermi e che attirava sempre i rimproveri, a priori. La professoressa con i capelli bianchi diceva che ero un «impunito», banderuola che avevo la faccia «da diavoletto». Giocavo tutti i pomeriggi a basket, ma non andavo mai in giro in tuta e scarpe da ginnastica. Al contrario, avrei voluto essere come Tim Armstrong e Lars Frederiksen nel retrocopertina di *Let's Go*, ma la censura mattutina di mia madre rendeva le mie scelte estetiche abbastanza annacquate. No piercing, no cresta e no tatuaggi. Solo capelli lunghi e sporchi, borchie sullo zaino, toppe dei Clash, magliette dei Sonic Youth e bottiglie di nocino distillato dalla nonna del politico con la voce grossa che io, lui, il violento, il cinico silenzioso e il venditore di frigoriferi agli eschimesi bevevamo di nascosto in bagno, durante l'intervallo.

Tu avevi gli occhi grandi e ti vestivi sempre di nero. Un giorno in autobus un ragazzo di quarta o quinta si è messo a fissarti in modo insistente, cercando di attirare la tua attenzione. Tu a un certo punto hai alzato la testa e l'hai guardato dritto negli occhi: «Hai bisogno?» E subito, senza lasciarlo rispondere: «Allora non mi fissare, che mi dà fastidio».

Lui è arrossito per l'imbarazzo, ha bofonchiato una scusa e ha abbassato la testa. Gli altri seduti lí intorno hanno riso di lui e io ho pensato ma guarda questa primina, che sicurezza di sé.

Facevo finta.

Ma certo, a quell'età fanno tutti finta. Però a forza di fare finta, tu poi lo sei diventata davvero, sicura di te. Lo so perché ti ho vista cambiare. Il tuo ragazzo di adesso, invece, non ce l'avrà mai quell'immagine di te a quattordici anni, con i capelli lisci e biondi alla Avril Lavigne, che rispondi male alla gente.

Da quel giorno, per me, tu sei stata la ragazza con gli occhi grandi.

Te l'ho detto solo tanti anni dopo, perché un po' mi vergognavo del mio voler per forza dare dei nomignoli a tutti.

Perché lo fai, poi?

Perché i nomi di battesimo non hanno significato. I genitori sono costretti a sceglierli quando ancora non sanno niente del figlio. I nomignoli invece uno se li deve guadagnare sul campo. Pensa allo spaventapasseri, alto, magrissimo, coi capelli rosso fuoco, non ce lo vedresti bene a dondolare in un campo di grano con le braccia aperte?

E il tuo qual è?

Non posso darmelo da solo.

Se te lo dessero gli altri, come ti chiamerebbero?

Forse «il polemico».

Sí, sarebbe azzeccato.

Grazie.

Anche se in realtà mi chiamerebbero cosí solo quelli che mi hanno conosciuto da ragazzino. Quelli che mi hanno conosciuto dopo, no. Ad esempio, le persone con cui ho lavorato in teatro negli ultimi anni direbbero quasi tutte che sono educato e gentile. Perché ho imparato a mettere un filtro e a trattenermi. E questo è il grande vantaggio di iniziare a uscire con qualcuno che hai incontrato per la prima volta da adulto: avete entrambi sviluppato delle strategie per nascondere al meglio i vostri difetti peggiori.

E secondo te è un vantaggio?

Non lo so. Dimmelo tu.

Non lo so neanch'io.

State insieme da quattro mesi. Io sono morto da diciassette mesi.

Ne hai parlato con banderuola. – Ti sembra che sia passato troppo poco tempo? – Lui ti ha risposto di no. Ti ha detto che io purtroppo non sarei mai tornato e tu dovevi rifarti una vita. Si è messo a piangere mentre te lo diceva. E anche tu. Ti ha raccontato che gli avevo rotto le palle perché doveva essere un testimone vestito bene e lui era già andato a comprare un vestito per il matrimonio, con sua madre che lo voleva controllare per evitare che facesse cazzate. Avete riso di questa cosa mentre ancora piangevate, vi siete abbracciati e avete detto che io, se vi avessi visto, probabilmente vi avrei presi in giro.

Ti prepari per la cena guardando gli scatoloni per il trasloco, pieni di libri, vestiti e piatti, e pensi che forse è un bene andarsene da Reggio Emilia. È un bene non vedere piú le strade, i muri, i bar, i ristoranti, i cinema, le vetrine, tutti gli angoli dove abbiamo detto *che bella la nostra città* e le case che abbiamo immaginato di poter comprare.

Forse è un bene anche che i miei libri rimasti tu non li metta negli stessi scatoloni dei tuoi, ma in altri che porterai ai miei genitori. Insieme alle Clarks nella borsa dell'Esselunga, che sono da mesi nel bagagliaio della tua macchina.

Giorno milleventitre

Domani ti sposi. Cerimonia privata. Di matrimoni con tanti invitati ne avevi già organizzato uno e le cose non erano andate come previsto, quindi hai deciso di cambiare approccio.

Siete solo voi due e i vostri genitori, con tuo fratello e sua sorella che vi fanno da testimoni. Le tue amiche ci sono rimaste male, ma hanno capito. L'essere stata vittima di un lutto ti ha aiutato a far prevalere la tua volontà.

Questa è una frase che avresti potuto dire tu.

Ti capita ancora, ogni tanto, di pensare alle frasi che avrei potuto dire io.

Era uno dei motivi per cui ti eri innamorata di me, *ma col passare degli anni sei diventato piú banale.*

Dici cosí solo perché ti sei abituata.

Ripensi a queste cose, ai dialoghi che abbiamo avuto e che avremmo potuto avere. E provi una sensazione strana.

Non è piú la mancanza tagliente dell'inizio e non è neanche il dolore della perdita. È qualcosa di piú diffuso. Una vaga malinconia.

Però non ti sembra giusto provare malinconia per me, proprio il giorno prima del tuo matrimonio.

Chi se ne frega se è giusto o no, avrei detto io.

Lui invece forse si offenderebbe un po'.

O forse no. In realtà è sempre stato molto comprensivo. Caratterialmente è piú pacato di me, meno propenso al conflitto. *Non mi rinfaccia mai niente.*

Io ti rinfacciavo le cose?

Sí, ogni volta che sentivi di aver subito un'ingiustizia, me lo facevi notare.

Solo perché volevo che il nostro fosse un rapporto equilibrato.

Lui non lo fa.

Si vede che è succube.

O magari è solo piú comprensivo.

Le persone succubi sembrano sempre comprensive.

Non puoi fare a meno di notare che nella scelta del tuo nuovo partner, forse involontariamente, hai cercato di colmare quelle mie lacune che dopo un po' di anni facevi sempre piú fatica a sopportare: lui è ordinato, si prende cura delle cose tipo l'auto, il giardino, le lampadine da cambiare e le varie impellenze domestiche che io tendevo a procrastinare all'infinito, poi lavora solo dal lunedí al venerdí quindi nel weekend è sempre libero e soprattutto, quando non è in studio, riesce a staccare completamente il cervello. Io invece non mi separavo mai del tutto da quello che stavo scrivendo e a volte – anche se eravamo in vacanza o a cena fuori – una parte di me continuava a rimuginare sulla scena che avevo lasciato a metà.

Lui al contrario è sempre concentrato sul presente, su quello che sta facendo, su di te.

Tu diresti che è noioso.

Probabile.

Però è affidabile.

Molte persone noiose lo sono.

Tu forse eri piú brillante.

Grazie.

Ma lui è sempre gentile.

Perché, io no?

Sí, anche tu lo eri.

Sei felice di immaginare che forse passerai tutta la tua vita con lui.

Anche di me lo dicevi, *voglio passare tutta la mia vita con te*, e forse sarebbe stato cosí, se non ci fosse stato quell'incidente. Ma senza quell'incidente è anche vero che non avresti conosciuto lui e adesso non saresti qui.

Quindi devi ringraziare il camion che mi è venuto contro?

Basta!

Devi smetterla di pensare a quello che direi io.

Ma come fai?

Tuo fratello ti sorprende nel mezzo dei tuoi dialoghi immaginari e ti chiede come stai.

– Bene, – rispondi tu.

Sei a casa dei tuoi. Avete deciso di stare separati il giorno prima del matrimonio. Vi vedrete solo domani all'altare.

Vi sposate in una chiesetta sui colli bolognesi.

Ormai Bologna è diventata la tua città.

Sono passati quasi tre anni da quando sono morto.

I miei genitori non li vedi da circa un anno, però i nostri amici ti hanno detto che stanno bene. Anche i nostri amici, in realtà, non li vedi da tantissimo tempo. Te ne sei fatta di nuovi, a Bologna.

L'ultima volta che hai pianto, pensando a me, è stato qualche mese fa, quando avete prenotato il viaggio di nozze e lui ti ha chiesto di controllare se per caso non avevi il passaporto scaduto. «No, non è scaduto», hai risposto. E ti è venuta in mente la sera in cui eri tornata a casa e io ti avevo accolta con i nostri passaporti nuovi, appena ritirati in questura, uno di fianco all'altro, aperti con in bella mostra le foto in cui eravamo venuti malissimo e ti avevo detto: si parte!

Non hai voluto che ti vedesse piangere. Ti sei alzata dal divano, hai detto che dovevi andare in bagno, hai chiuso la porta e hai aperto l'acqua. Poi ti sei guardata allo specchio, hai visto le lacrime che scendevano e hai pensato che avresti voluto avermi lí.

Avresti voluto che ti abbracciassi.

Avresti voluto che ti stringessi forte come quando ci dicevamo *vorrei restare cosí per sempre*.

Poi ti sei sciacquata la faccia e sei tornata da lui. L'hai abbracciato e gli hai detto: «Ti amo».

«Anch'io, – ha risposto lui. – E sono contento di sposarti».

«Anch'io», hai detto tu.

E per un brevissimo secondo hai pensato che anche io lo sarei stato. Ma poi ti sei concentrata su di lui. Perché non sarebbe stato giusto pensare a me, mentre lui ti abbracciava.

Cosí come non è giusto farlo oggi, il giorno prima del tuo matrimonio.

Con lui.

Giorno duemilaquarantasette

Oggi è nato il tuo secondo figlio.

Pesa piú di tre chili e le infermiere dicono che sta benissimo.

La prima gravidanza era stata facile. Niente nausea e niente complicazioni. Solo tanto stupore, per il tuo corpo che cambiava rapidamente, per le ecografie, i primi calci, il battito, la scoperta del sesso e poi sí, il dolore del parto, intenso al di là di ogni immaginazione, ma rapido, e l'emozione di sentirla piangere e tenerla in braccio, senza capire piú nulla.

L'avete chiamata Olimpia.

Avevamo parlato spesso dei nomi che avremmo voluto dare ai nostri figli. Olimpia ci piaceva, ma non era uno di quelli che avremmo scelto.

Il maschio che adesso tieni in braccio avete deciso di chiamarlo Edoardo, che era uno dei miei preferiti, *ma non sta bene col tuo cognome, è troppo lungo*.

Il cognome di tuo marito invece è corto e con Edoardo sta benissimo.

Durante questa gravidanza purtroppo le complicazioni ci sono state. Sei dovuta rimanere tanti giorni a letto e sei stata ricoverata due volte, ma per fortuna niente di grave. Lo stupore, invece, quasi completamente annullato nella ripetizione di tappe e scoperte già vissute. Avevi solo voglia che finisse in fretta.

Piú di una volta, durante questi nove mesi, hai temuto che non saresti stata in grado di provare la stessa gioia che avevi provato due anni fa per Olimpia. Ma quando te l'hanno messo in braccio e l'hai guardato, quel timore è sparito di colpo. Eravate tu e lui. Esattamente come due anni prima eravate state tu e lei.

Tuo marito è rimasto sempre con te, durante il parto e nelle ore successive, ma adesso è a casa con Olimpia. In questi giorni è stato molto bravo a starle vicino, a non farla sentire trascurata. Con la nascita del secondo figlio c'è tutto un equilibrio da mantenere e allo stesso tempo da ricreare.

Siete in quattro, adesso.

Sollevi Edoardo e lo guardi negli occhi chiusi, cercando somiglianze che ancora non ci sono. Pensi a tutta la fatica che dovrai fare e che stavolta conosci già in anticipo. L'allattamento, lo svezzamento, i risvegli notturni, i pannolini, le visite di controllo, i vaccini. Ne sei appena uscita e stai già per rientrarci.

Per fortuna la tua posizione al lavoro è sempre piú solida e ti permette di gestire a distanza alcune situazioni, però non sarà comunque facile. Avresti solo voglia di goderti la maternità e questo nuovo momento della tua vita, ma sai già che non potrai staccare del tutto.

Tuo marito capisce perfettamente quanto sarà dura questa fase, quindi anche stavolta si farà sostituire il piú possibile dal suo collega, quello con cui divide lo studio, cercherà di essere sempre presente, si occuperà di Olimpia, ti darà spesso il cambio con Edoardo, farà di tutto per sollevarti da ogni incombenza e non si arrabbierà, se gli risponderai male senza motivo.

Quando arriva nella stanza, gli chiedi subito: – E Olimpia?

– È con mia madre, – risponde lui. Guarda Edoardo e ti sorride. Anche tu gli sorridi.

Sei fiera di quello che avete fatto e sei contenta di averlo fatto con lui.

Vi abbracciate stringendovi forte e poi tu, dopo avere allattato Edoardo, ti addormenti tenendolo in braccio.

Esausta.

Giorno quattromilanovantacinque

Parcheggi la macchina nel cortile del cimitero, ma non scendi.

Rimani seduta ad ascoltare *Just Breathe* dei Pearl Jam e guardi i due seggiolini fissati nei sedili di dietro. Uno senza braccioli per Olimpia, l'altro piú piccolo per Edoardo.

Pensi che probabilmente quando Olimpia smetterà di usarlo, farai sedere Edoardo nel suo. Poi toglierai quello piccolo. E quando anche Edoardo sarà cresciuto, toglierai quello grande. È il tempo che passa, pensi.

Nonostante questa constatazione lucida, ti scende una lacrima, perché il dolore è ancora fresco.

La canzone finisce e tu spegni la radio.

Scendi dalla macchina e la chiudi.

Cammini verso l'ingresso del cimitero e appena varcato il cancello ti fai il segno della croce, in modo automatico, anche se ormai, dopo tutti questi anni, sei quasi sicura di non crederci.

Il cimitero è deserto. Ti muovi fra le file di lapidi ordinate e sai esattamente dove andare, però ogni tanto rallenti e ti guardi intorno, ti soffermi su un volto, su un nome o una data di nascita.

Ti hanno sempre affascinato i cimiteri. Una delle prime volte che siamo usciti insieme, mentre andavamo a fare una specie di picnic sulle colline, siamo passati vicino a un cimitero che non avevamo mai visto – uno di quei piccoli cimiteri di montagna, molto raccolto e con pochissime tombe – e tu mi hai chiesto di fermarci. Mi è sembrata una richiesta strana, ma ho accettato. Abbiamo girato fra le tombe, *mi piace leggere gli epitaffi*, e ci siamo messi a riflettere sulle coppie sepolte vicine: chi era morto prima, dopo quanto era morto quello che era morto dopo, chi era venuto meglio in foto. Siamo rimasti lí quasi un'ora. Io ero divertito dalla tua curiosità. Per me andare al cimitero era sempre un momento triste, tu invece fra le lapidi cercavi le storie delle persone, i loro rapporti, che lavoro avevano fatto e dove avevano abitato.

Eri curiosa della vita, non della morte. E anche adesso che hai trentotto anni questa curiosità non ti è passata. I tuoi occhi schizzano da una parte all'altra, in cerca di dettagli, ma le tue gambe non si fermano e la tua mente, a differenza del solito, non si lascia coinvolgere dalle storie degli altri. L'unica storia che t'interessa, l'unica a cui vuoi pensare, è quella di chi ti ha appena lasciato: tuo padre.

Tua madre si sente in colpa per non avergli detto di andare subito in ospedale, quando non si è sentito bene. Tuo fratello è arrabbiato con il medico del pronto soccorso che secondo lui ha sbagliato la prima diagnosi.

Tu invece no. Hai imparato a non dare la colpa a nessuno. Le cose succedono e basta. Non c'è niente da fare.

Sei solo triste.

Aveva da poco superato i settant'anni.

La cosa che ti dispiace di piú è che probabilmente i tuoi figli non si ricorderanno di lui. Forse Olimpia. Edoardo di sicuro no.

Però almeno speri che la loro presenza possa consolare un po' tua madre, che ovviamente è distrutta, «Sarei voluta morire insieme a lui».

Anche tu l'avevi detto, a me, una volta. Eravamo a letto, nella nostra tipica posizione, con il mio braccio sotto la tua testa. Tua nonna era morta da poco e tu, prima di cena, eri andata a trovare tuo nonno, che era triste perché dopo cinquant'anni era costretto a dormire di nuovo da solo, *senza la persona che ama*. Mi avevi detto cosí e intanto ti eri messa a piangere. E anch'io, mentre ti ascoltavo parlare, avevo sentito gli occhi che mi si riempivano di lacrime. *Secondo me, per due persone che si amano, la cosa migliore sarebbe morire contemporaneamente. Per evitare che una senta la mancanza dell'altra*. Io ti avevo risposto che ero d'accordo, ma che non era una cosa facile da organizzare. Poi avevamo riso e tu, con la mano libera, avevi asciugato le lacrime a entrambi.

Guardi la lapide e non riesci a staccare gli occhi dalla foto di tuo padre.

Ti viene in mente quel Ferragosto di tanti anni fa, quando ti aveva portato al mare in macchina. Era tranquillo perché gli avevi detto che i tuoi amici avevano prenotato un bungalow in un campeggio, ma non era vero. Il piano era restare svegli tutta la notte, o al massimo dormire a turno nella cabina che avevamo affittato in uno stabilimento balneare.

Al vostro arrivo ci siamo fatti trovare di fronte all'ingresso di un campeggio a caso, tuo padre ci ha chiesto se potevamo fargli vedere il bungalow dove avrebbe dormito sua figlia e l'imprevedibile ha avuto il sangue freddo di dire: «Eh, no, lo stanno pulendo, devono ancora darci le chiavi».

Ti sei sentita in colpa per tutto il giorno. Avevi sedici anni. Quando alla sera è iniziato a piovere, lui ti ha telefonato e tu gli hai detto che il bungalow era molto confortevole. Invece eri all'aperto, con addosso dei vestiti leggerissimi. Dopo un po' banderuola ha concluso che per evitare di essere bagnati dalla pioggia, l'unica possibilità era tuffarsi in mare. Io ho accettato subito, poi sono venuti il violento e l'imprevedibile, e alla fine anche tu. Le altre ragazze invece sono andate a ripararsi sotto il gazebo di un bar. Avevano paura di prendere freddo e ammalarsi.

Tu invece no.

Non avevi mai paura, tu.

Per un attimo ripensi a me. Ma è un pensiero brevissimo. Nel vortice che senti dentro viene subito sostituito dall'immagine di tuo padre che ti tiene in una mano, *quando ero appena nata stavo tutta nella sua mano, lo sai?* Poi da quella di lui che ti accompagna all'altare, lui che per il tuo compleanno fa quaranta chilometri solo per andare a prendere i tuoi cannoncini alla crema preferiti e tante altre, che ovviamente ti fanno piangere.

Ti senti sola.

Anche se sai di non esserlo.

Per arginare il vortice, cerchi di concentrarti su tuo marito e sui tuoi figli e questo ti fa stare leggermente meglio, ma non lenisce la ferita che senti di avere dentro.

Non lenisce il tuo lutto.

Un lutto immenso e irrimediabile. Il piú grande della tua vita.

Giorno ottomilacentonovantuno

È mattina e sei da sola a casa. Hai già fatto colazione con tuo marito e i tuoi figli, ma hai ancora fame e ti prepari un toast con burro e miele.

Quando hai finito, apri il cassetto che c'è sotto il mobile della televisione e prendi un po' di carta regalo. Ce ne sono vari rotoli, alcuni a righe, altri a pois e altri ancora a tinta unita. Vorresti usare la tua preferita, la carta da pacchi marrone, ma alla fine ne scegli una rosa con qualche fiorellino giallo.

Poi vai in camera. Il letto è ancora sfatto e i cuscini sono vicini, residuo dei cinque minuti in cui tu e tuo marito siete rimasti abbracciati, prima di alzarvi. Non hai voglia di rimettere a posto e ti dici che lo farai dopo.

Apri un cassetto e guardi tutti i gioielli che hai accumulato nel corso degli anni. Non sono tantissimi, ma non sono neanche pochi. Stai cercando l'anello che ti aveva dato tua madre quando hai compiuto diciotto anni. Appena lo trovi, lo infili nella sua scatolina, la impacchetti e chiudi tutto con un nastro di raso nero.

Non è un accostamento di colori equilibrato, ma sai che Olimpia non ci farà caso. È un periodo in cui è molto distratta. È normale, ha diciotto anni. Anche tu eri distratta, alla sua età.

Pensi ai festeggiamenti, alla torta che ha ordinato tuo

marito e che speri sia buona, al regalo, a tua figlia, a com'eri tu alla sua età, al tempo che passa e al fatto che stai diventando vecchia.

Il lavoro va molto bene. Hai lasciato la casa editrice e hai aperto un tuo studio editoriale. Collabori con persone che stimi e ti senti realizzata, perché fai pochi progetti all'anno, ma tutti di alta qualità. All'aumentare dell'appagamento corrisponde però un progressivo calo dell'entusiasmo.

Ma non sei l'unica. Le persone che hai intorno, chi piú chi meno, iniziano tutte a essere stanche. Tuo marito vorrebbe cedere le sue quote dello studio dentistico, vendere la casa e andare a vivere su un'isoletta greca. A te piacerebbe ma pensi ai tuoi figli, alla scuola, ai loro amici, alla vita che dovrebbero lasciare. E non te la senti.

L'ultima volta che hai visto banderuola, era giú di morale. Aveva dedicato due anni a preparare un progetto di riqualificazione per trasformare un mercato coperto abbandonato in una serie di alloggi popolari, ma quando sembrava tutto definito, il Comune aveva cambiato idea e aveva deciso di «riqualificare» la zona, trasformando il mercato coperto in una food hall, «con appalti ai privati e panini gourmet a quindici euro, maledetti».

Gli hai chiesto come stava e lui ti ha risposto che si sentiva svuotato e non era piú tanto convinto dell'approccio relativista applicato ai modelli sociali. O almeno, nei venticinque anni in cui ci aveva provato, sentiva di non essere riuscito a spostare niente, neanche di un millimetro. «Quello che mi fa rabbia non è tanto il senso di sconfitta, ma l'impressione di non essere neanche riuscito a giocare la partita».

Tu gli hai risposto che è tutto molto piú grande di noi

e lui si è perso in una delle sue solite espressioni pensierose, prima di salutarti.

Adesso sei in bagno che ti guardi allo specchio.

Sollevi le braccia e vedi che sono leggermente flaccide. *Dovrei fare un po' di attività fisica*, l'hai detto mille volte, ma non sei mai stata abbastanza determinata per iniziare. Lo sai. Conosci i tuoi difetti. È il pregio di aver vissuto quasi cinquant'anni in compagnia di te stessa.

Ti guardi di profilo e controlli se il naso è cresciuto. Sei sempre stata convinta che invecchiando ti crescesse il naso. Io ti dicevo non è possibile, dài, ma secondo te? Tu però insistevi e mi facevi vedere le foto di qualche anno prima, *guarda, è palese, non dire di no, si vede che era piú piccolo*. A me sembrava uguale, *ma allora sei cieco*.

Lo osservi attentamente e anche se non hai l'impressione che si sia allungato, è decisamente piú grosso di quando eri giovane. Guardarlo ti dà un po' fastidio. Cosí come ti dànno fastidio le rughe intorno alla bocca. «Avrei dovuto ridere meno», pensi. Ma subito ti rendi conto di quanto in realtà sia vero il contrario: sei felice di ogni volta che sei riuscita a ridere.

A un certo punto, mentre continui a guardarti, trovi l'inclinazione giusta del profilo e resti un po' ferma in una posizione in cui ti piaci particolarmente. Trattieni il respiro per appiattire l'addome: non sei affatto male, nonostante l'età.

Proprio in quel momento si apre la porta d'ingresso. Tuo marito è passato da casa.

Scendi le scale e lo saluti. Lui vuole mostrarti la torta che ha appena ritirato in pasticceria, ma tu non gliela fai neanche aprire. Appoggi la scatola sul tavolo e inizi a baciarlo.

Lui accenna per un attimo al fatto che deve tornare al lavoro, che è già in ritardo e ci sono dei pazienti che lo aspettano, ma dopo il secondo bacio si lascia andare.

Fate l'amore in sala, in piedi e sul divano.

Come quando eravate giovani.

Giorno sedicimilatrecentoottantatre

Domani compi settantadue anni e i tuoi figli verranno a prenderti per portarti fuori a pranzo.

Olimpia si è sposata, vive in Olanda e la vedi due o tre volte all'anno.

Edoardo è single, vive a Milano e lo vedi quasi tutti i weekend.

Tu abiti ancora a Bologna. Sei rimasta lí anche dopo che sei andata in pensione e che sei rimasta vedova. Però hai voluto cambiare casa, perché quella dove stavate tutti insieme era troppo grande per te da sola. L'hai venduta e hai dato i soldi ai tuoi figli. Poi ti sei spostata in un appartamento in affitto, in pieno centro.

È molto piccolo ma ha tutto quello che ti serve: una cucina grande, una camera luminosa e un piccolo terrazzino che hai riempito di verde fin da subito.

Ti piace ancora battezzare le piante, ma ne hai talmente tante che non riesci a ricordarti come si chiamano tutte. Ogni tanto ti blocchi, mentre le innaffi, perché magari non ti viene in mente il nome della quarta monstera o del quinto cactus. Quando succede, scuoti appena la testa e dài la colpa alla vecchiaia.

Hai anche due gatti, che ogni notte dormono con te, nel letto, vicino alle tue gambe rannicchiate.

Non ti muovi piú cosí agilmente, ma riesci ancora a fare tutto quello che ti serve. Edoardo vorrebbe che pagassi qualcuno per aiutarti a fare i lavori di casa, ma tu continui a rifiutare.

Alcune tue amiche sono già morte e altre non sono piú autosufficienti. Certo, ce ne sono anche di quelle che vanno ancora a fare viaggi dappertutto e dimostrano dieci anni in meno, ma non ci si può sempre paragonare a chi sta meglio, altrimenti ci si deprime.

Con gli anni sei diventata saggia. Quel tuo carattere scontroso e un po' selvatico si è ammorbidito e quell'energia che non ti faceva mai stare ferma si è trasformata in forza interiore che ti spinge a essere positiva.

Da quando tuo marito è morto, tiri avanti senza pensare troppo al futuro. Hai sofferto molto, ma ormai sei abituata a soffrire.

Anche tua madre nel frattempo è morta.

E anche i miei genitori, ma tu l'hai saputo solo dopo. Ti è dispiaciuto non essere andata al funerale di nessuno dei due.

Tuo fratello invece sta bene. Vive in Francia da anni. Lo senti quasi una volta alla settimana, ma non lo vedi da mesi.

Se riguardi la tua vita nella sua totalità, non puoi non riconoscere che nonostante tutto sei stata fortunata. Ci sono state tante persone che ti hanno voluto bene, hai avuto una famiglia, un lavoro, hai viaggiato, ti sei divertita.

Non c'è nulla che avresti voluto fare e che non hai fatto.

Ogni tanto, quando non sai cosa fare e ti abbandoni ai pensieri, ti chiedi quanto tempo ti rimane ancora da vivere, ma mentre lo fai non sei triste o preoccupata, solo un po' malinconica. Quella malinconia che deriva dalla consapevolezza che la parte migliore ormai è passata. E bisogna essere grati di averla vissuta, certo, ma è un po' difficile non pensare che sarebbe bello poterla rivivere.

O almeno poterne rivivere dei pezzi.

Forse solo quelli belli.

Forse no. Anche quelli brutti, alla fine, sono stati importanti.

Ti viene voglia di guardare un po' di vecchie foto, ma quelle digitali si sono perse perché ti si è rotto l'hard disk in cui le avevi archiviate.

Però nel cassetto del comodino ne hai un po' di quelle stampate. Le prendi in mano e le guardi. Foto dei tuoi figli, del tuo matrimonio, di alcune vacanze che avete fatto insieme, tutti e quattro, poi la laurea di Olimpia, Edoardo con la sua ragazza, tu e tuo marito abbracciati su un traghetto e tante altre, mescolate, di decenni diversi.

Le sfogli a lungo, cercando di ricordarti dove e quando è stata scattata ogni singola immagine.

Mentre le rimetti nel cassetto, ti accorgi che in fondo c'è un altro mucchietto di foto molto piú vecchie, infilate in una busta trasparente.

Le prendi e le guardi.

Ci sei tu da bambina, tu coi tuoi genitori, tu con tuo fratello e a un certo punto ci sono anch'io.

Siamo io e te in spiaggia.

Tu hai i capelli corti e io sono senza barba.

Ti chiedi dove fossimo, poi ti viene in mente: a Levanto.

Era una delle prime volte che uscivamo insieme.

Era la foto che c'era sulla mensola di fianco alla libreria in casa nostra.

Allora pensi a quella casa, a quella libreria, a quella mensola e a quelle due persone che si amavano cosí tanto. E ti sembra quasi di non essere tu.

Cerchi di ricordarti i dettagli della nostra storia, della nostra vita insieme, ma ti vengono in mente pochissime cose e ti innervosisci, dando la colpa alla vecchiaia.

Cosa facevamo?

Cosa ci dicevamo?

Dove andavamo?

Come passavamo le nostre giornate?

Che sapore avevano i miei baci?

Che odore avevano le mie magliette?

Com'era il nostro amore?

Non lo sai piú e un po' ti dispiace. L'unica cosa che ti ricordi chiaramente, in modo nitido, è il dolore di quando mi hai perso. Quello sí. *Ma com'è possibile?*

Poi pensi a tuo marito e ai tuoi figli e ti ripeti che sei stata fortunata. Sei stata fortunata perché sei riuscita di nuovo ad amare e a essere amata.

Sei stata fortunata, ti ripeti. E mentre pensi a tutte le cose belle che hai avuto, ti esce una lacrima a tradimento.

La senti scendere giú per la guancia, la vedi sgocciolare sulla nostra foto e allora ti viene in mente una cosa: ridevamo cosí tanto, in quel momento, perché non eravamo sicuri che l'autoscatto fosse inquadrato bene – l'avevo messo a posto io – e avevamo paura che la foto venisse spostata troppo in alto o troppo in basso e prendesse solo il cielo o solo la sabbia.

Senza di noi.

Parte seconda

La mia vita senza di te

Giorno uno

Rumori ovattati, una parvenza di luce che progressivamente schiarisce uno sfondo nero e la percezione, poco alla volta, di avere un corpo.

Il respiro.

La bocca impastata.

Le palpebre appiccicate.

La pelle delle braccia che viene accarezzata dai polpastrelli lisci e tondeggianti di una mano.

Dopo un tempo indefinito, in mezzo ai suoni lontani e incomprensibili, ho iniziato a distinguere una voce che intervallava parole sussurrate, momenti di pianto e inflessioni di felicità.

Sembrava la tua, ma non ero sicuro.

Poi mi sono riaddormentato.

Giorno uno

Mi sono svegliato di nuovo, dopo qualche minuto o qualche ora. Sempre con la bocca impastata e le palpebre appiccicate.

C'erano ancora delle mani che mi accarezzavano e una voce che sussurrava, ma le parole non erano piú cosí ovattate e lontane. Sembravano quasi riconoscibili.

Potevo percepire la lunghezza del mio corpo, dalla testa fino alla punta dei piedi, che muovevo a fatica, come ogni altro muscolo. Mi sono concentrato sugli occhi e quando sono riuscito a forzare la chiusura delle palpebre, ecco che ti ho vista.

Eri davvero tu.

Ma la luce dei neon era accecante e ti faceva sembrare finta. Come se i contorni del tuo corpo fossero stati ritagliati e incollati con una versione primordiale di Photoshop. Però ti muovevi, mi sorridevi e mi chiamavi «amore».

I miei pensieri erano sovrapposti e confusi.

Ho deglutito numerose volte, per fluidificare la lingua e il palato. Appena sono riuscito a pronunciare delle parole, ti ho chiesto se tuo marito non era geloso che fossi lí con me.

– Quale marito? Di cosa stai parlando?

L'intonazione della tua voce è passata dalla dolcezza alla preoccupazione.

– Ma lo sai chi sono? Mi riconosci?

Certo che ti riconosco. Ho pronunciato il tuo nome e stavo per chiederti se non ti eri sposata con un altro, dopo che io ero morto. Ma non l'ho fatto, perché ho pensato che in effetti era morto anche lui, quindi non poteva essere geloso, e comunque aveva già vissuto una vita intera con te e anche tu ormai eri vecchia, quindi... un momento, tu non eri vecchia.

Ho strizzato due volte gli occhi, per esserne sicuro. Poi ti ho detto ma scusa, perché hai la stessa età di quando io sono morto?

– Ma tu non sei morto.

Hai respirato forte e ti sei guardata intorno, forse c'era qualche infermiere nella stanza, ma io non riuscivo a vederlo. I tuoi nervi erano tesi e ti sforzavi di non trasmettermi ansia.

Davvero non sono morto?

– No.

Sei sicura?

– Sí, certo che sono sicura.

Dopo un altro respiro hai parlato lentamente, scandendo bene le parole, e mi hai spiegato che i vigili del fuoco mi avevano trovato nella macchina accartocciata, privo di conoscenza, ma vivo. Mi avevano portato in ospedale con l'elisoccorso, ero stato intubato per un'operazione di riduzione della frattura e indotto in coma farmacologico perché le costole incrinate avevano causato un collasso del polmone. Quando le mie condizioni erano migliorate, la sedazione era stata progressivamente alleggerita, con l'obiettivo di farmi svegliare e infatti alla fine, come previsto, mi ero svegliato.

Quanto tempo è passato?

– Da cosa?

Da quando sono finito in coma.

– Sette giorni.

E tu sei stata qui per sette giorni?

– Be', con delle pause, – e hai accennato un sorriso.

Anche a me è venuto da sorridere, perché in effetti ti avevo fatto una domanda stupida. Nel momento in cui i muscoli si sono contratti, ho sentito un dolore forte all'altezza dello sterno e ho digrignato i denti. Tu mi hai accarezzato la fronte e io ti ho detto okay, ho capito, non sono morto.

Ci ho pensato e poi l'ho ripetuto: non sono morto. A quel punto ci siamo guardati intensamente, per qualche secondo, e ci siamo riconosciuti. Tu eri sempre tu.

E io ero sempre io.

Eravamo lí.

Di nuovo insieme.

I miei genitori aspettavano nel corridoio dell'ospedale, perché il primario pelato aveva detto che in camera, al mio risveglio, ci poteva stare una sola persona. Ma appena l'infermiera col naso grosso ha dato via libera, sono entrati. Mia madre piangeva di gioia e non riusciva a parlare. Mio padre mi ha abbracciato, era felice, ma il suo ruolo lo obbligava a non tralasciare il risvolto didattico.

– Adesso l'hai capito che non devi guardare il cellulare mentre guidi? O vuoi fare venire un infarto a tua madre?

Io ho mentito: non stavo guardando il cellulare, papà, è stata colpa di quel camion che mi è venuto contro.

In realtà non mi ricordavo bene come fosse andata. Dicono che quando stai per morire hai un istante di lucidità in cui rivedi tutta la tua vita. A me non è successo. Mentre cercavo di tenere dritto il volante e perdevo il controllo dell'auto, sono riuscito a pensare solo: «No, cazzo, adesso muoio».

Poi c'è stato l'urto, l'airbag che mi ha compresso la cassa

toracica e bloccato il respiro, la testa che è finita all'indietro e gli occhi, di colpo, che si sono chiusi. In un attimo ho perso il contatto con le estremità del corpo e mi sono sentito scivolare dentro me stesso, come se una forza gravitazionale potentissima mi stesse aspirando dall'interno.

A quel punto mi sono ritrovato in una specie di universo parallelo nel quale io ero morto e tu continuavi a vivere, senza di me.

Appena siamo rimasti soli, te ne ho parlato.

– Probabilmente era un sogno.

Non sembrava un sogno.

– Ti hanno dato tanta morfina.

No, era prima della morfina. È successo nel momento esatto dell'incidente. Il tempo si è dilatato e io mi sono ritrovato lí, nella tua vita, senza esistere piú.

– E cosa ti ricordi?

Tutto: tu che piangi, tu che vai avanti, tu che ti sposi con un altro.

– Ah, sí?

Sí.

– E com'era?

Chi?

– Quello che ho sposato.

Perché lo vuoi sapere?

– Non si sa mai. Visto come guidi, – poi hai riso e mi hai stretto forte. Io avrei voluto tirarti sotto le coperte e fare tutte quelle cose che il me stesso morto, in quella specie di universo parallelo, non poteva piú neanche immaginare.

Ma mi sono limitato a darti un bacio.

Verso sera sono arrivati un po' di amici. Il primo è stato banderuola, che per portarsi avanti aveva registrato degli audio in cui leggeva estratti della *Critica della ragion pura* di Kant: – Cosí se restavi in coma te li facevo mandare in loop nella stanza.

Per infierire?

– Per stimolare il tuo spirito polemico e farti svegliare. Ne ho anche parlato con un'amica di mia zia esperta di queste cose.

Dottoressa?

– Ipnotista.

Ma dài!

– Cosa c'è?

Cioè, tu credi nell'ipnosi?

– No, ma neanche nella medicina. Sono solo due narrazioni.

A livello teorico, sí. Però se stessi per morire e dovessi scegliere fra l'una e l'altra, scommetto che…

– Non necessariamente.

Io ho scosso la testa, perché non potevo piú ribattere.

In quel momento è entrato il violento, senza farsi notare. Si è avvicinato al letto mentre io ero girato dall'altra parte e mi ha urlato sottovoce nell'orecchio: – Don't call me white, don't caaaaaaall me white, – poi mi ha abbracciato e mi ha detto: – Dài che non sei morto. Posso darti un pugno?

No.

Lui me lo ha dato lo stesso. Piano, ma io ho reagito con un gemito di dolore e l'infermiera col naso grosso è entrata di corsa, preoccupata. Il violento è tornato composto in un secondo, come al liceo, e lei ha guardato me, scuotendo la testa con disappunto. Avrei voluto dirle di non lasciarsi ingannare da quella faccia da bravo ragazzo con gli occhiali, ma mi sono limitato a fare un segno con la mano, per scusarmi.

Cinque minuti prima che chiudessero l'ingresso ai visitatori è arrivato anche l'imprevedibile, di corsa, con ancora addosso gli occhiali da sole. – Sei un pericolo ambulante, se ti ridanno la patente vado a fare ricorso in questura.

Mio padre era lí e ne ha approfittato: – Bravo, diglielo anche tu.

L'imprevedibile gli ha messo una mano sulla spalla: – Lo sai che puoi contare su di me –. Poi ha raccontato la solita storia su come si era guadagnato per sempre il rispetto di mio padre.

Era la notte del mio diciottesimo compleanno e dopo una specie di festa improvvisata a casa mia, l'imprevedibile, mentre vomitava, aveva abbattuto a calci il muretto del nostro vicino. La mattina dopo mio padre aveva telefonato a tutti i miei amici, furibondo, e al pomeriggio lui si era presentato con una cazzuola e un secchio di calce, aveva suonato il campanello del vicino, si era scusato e aveva chiesto se poteva aggiustare il muretto. Il vicino l'aveva mandato affanculo, ma mio padre aveva osservato la scena dalla finestra. «Sei un deficiente, ma almeno tu cerchi di rimediare».

«Almeno tu», quando l'imprevedibile raccontava questa storia, lo ripeteva sempre due o tre volte, «Almeno tu». – Perché invece voialtri stronzi non vi eravate neanche presentati.

– Va be', per forza, il muretto l'avevi distrutto tu.

– Ma lascia stare chi l'aveva distrutto, io ci sono andato per senso di responsabilità, – e ha coinvolto mio padre: – O no? – Lui ha fatto segno di sí con la testa, poco convinto, ma ha sorriso.

Sorridevano tutti.

Io mi sono lasciato coinvolgere dall'allegria e non ho pensato, se non per un attimo, che se fossi morto, l'imprevedibile in quel momento sarebbe stato da un'altra parte, a raccontare un'altra delle sue solite storie, in compagnia di altre persone.

Sarebbero stati tutti altrove. Ognuno impegnato ad andare avanti con la propria vita.

Anche tu.

Giorno due

La prima notte in ospedale non sono riuscito a dormire.

Per proteggermi dalla luce dei neon ho usato il solito metodo della maglietta scura. L'avevo inaugurato a Milano. Il monolocale in cui vivevo era senza aria condizionata e durante le notti estive, per non morire di caldo, lasciavo le finestre spalancate. All'alba, per evitare che la luce mi rovinasse le ultime ore di riposo, prendevo la maglietta scura che mi ero preparato di fianco al cuscino, la arrotolavo, mi coprivo gli occhi e continuavo a dormire.

Quando mia madre l'ha scoperto, mi ha subito regalato una mascherina scura, di quelle fatte apposta. Io però non l'ho mai usata, perché l'elastico era troppo stretto.

«Mettila senza elastico».

Poi sta sollevata e lascia passare la luce dai lati. Fidati, mamma, ho fatto tanti esperimenti: la maglietta arrotolata è la soluzione migliore.

«Se lo dici tu».

Non ho mai avuto un rapporto facile col sonno. Da ragazzino capitava spesso che mi sdraiassi a letto, con l'intenzione di dormire, e poi restassi sveglio per ore.

Davo la colpa alla troppa luce, alla poca luce, ai rumori, all'assenza di rumori, a qualsiasi cosa, ma il problema era il mio cervello, che appena chiudevo gli occhi, invece di rallentare, accelerava.

Per uscire da questa impasse cercavo di individuare

pensieri piacevoli, attingendo di volta in volta dai ricordi o dai desideri, poi mi sforzavo di far durare ognuna di quelle sensazioni positive il piú a lungo possibile. A volte funzionava subito, altre volte c'era bisogno comunque di molto tempo, ma a un certo punto la mente si rilassava, i movimenti automatici delle sinapsi rallentavano, le immagini iniziavano a fondersi le une con le altre e a quel punto, senza accorgermene, scivolavo nel sonno.

Quella prima notte non c'è stato niente da fare.

La maglietta scura mi isolava dalle luci dei neon, ma i pensieri non riuscivano a fluire. Era come se ci fosse un binario deviato, che sabotava ogni possibile viaggio e mi riportava sempre lí, alla tua vita senza di me.

In quella specie di universo parallelo io ero morto, ma sentivo la mia presenza, nei tuoi ricordi e nei dialoghi che immaginavi di avere con me. Allo stesso tempo però percepivo anche la mia assenza, perché non avevo corpo, non avevo voce e non potevo fare nulla, fuori dai confini della tua immaginazione. Come se la morte ci trasformasse in proiezioni nella mente degli altri. All'inizio limpide e fresche, poi sempre piú flebili, finché diventiamo solo un'immagine sbiadita del passato, un ricordo lontano.

Tu eri riuscita a essere di nuovo felice, anche senza di me. Questo pensiero mi trascinava in un vortice di impulsi contraddittori. Da un lato ero contento per te. O almeno, mi dicevo che avrei dovuto esserlo. Ma allo stesso tempo soffrivo all'idea di non esserci io, lí con te. Per calmarmi mi ripetevo che non era vero, che era tutto frutto della mia fantasia. Però non riuscivo ad allontanare la consapevolezza che il confine tra quella fantasia e la realtà era sottilissimo.

Troppo fragile.

Allora ho cercato di spostare il focus dei pensieri e

mandarli altrove, lontani da te, e mi è venuta in mente la prima vacanza all'estero con i miei amici, con l'imprevedibile che si era tinto i capelli di biondo platino ed era l'unico minorenne, «Cosí, se facciamo delle cazzate, andate in galera solo voi». Poi la soddisfazione di quando ho vinto un premio teatrale che per tanto tempo avevo desiderato. Le due notti passate con una ragazza molto piú grande di me, al mare, a diciannove anni. La prima volta in cui sono salito sul palco a prendere gli applausi alla fine di uno spettacolo, il sapore della crema di pistacchio mangiata in Sicilia, l'idea di riuscire a fare un film. Un bacio di sfuggita, in un parcheggio in collina, con la ragazza con gli occhiali che mi piaceva al liceo, il mare della Grecia al tramonto, la birra ghiacciata, mio padre che mi fa giocare col trenino Lego, in sala, sotto il tavolo da pranzo, le piante sul terrazzino di casa nostra, un terrazzo piú grande in una casa piú grande, vincere a scacchi con banderuola ribaltando una partita ormai compromessa, la mia foto sul retrocopertina di un romanzo appena pubblicato, la palla che finisce nel canestro, muovendo la retina, dopo un tiro da tre all'ultimo secondo, no, non stava funzionando.

I desideri erano minacciati dall'incombenza della fine, che da un momento all'altro poteva impedirmi di provare a realizzarli. Mentre i ricordi – e questa sensazione era ancora peggiore – erano corrosi dalla consapevolezza che prima o poi li avrei persi per sempre.

Chissà come sarebbe, se una volta morti si potesse continuare a esistere, da qualche parte, in compagnia della propria memoria. Magari in un microchip piccolissimo, senza corpo e senza la possibilità di fare nulla, se non ricordare ciò che è stato. Sarebbe bello o sarebbe una tortura? E se anche fosse una tortura: è meglio esistere all'interno di una tortura o non esistere proprio?

Sono andato avanti cosí per tutta la notte.

Alla mattina, dopo i vari controlli e le medicine, quando finalmente hanno aperto alle visite, tu sei arrivata con un cappuccino e una veneziana al gianduia, presi nella mia pasticceria preferita.

– Mi hanno detto di salutarti.

Chi?

– Quelli della pasticceria.

Sapevano che ero in ospedale?

– Sí, è uscito un articolo sul giornale.

A tutta pagina?

– No, un trafiletto.

Ho preso la veneziana e dopo due morsi mi sono sentito sazio. Il mio stomaco non era ancora pronto a riabbracciare le abitudini alimentari pre-coma, ma ho continuato a mangiare lo stesso, con la speranza che stimolare le papille gustative riuscisse a distrarmi dai pensieri che mi avevano accompagnato nelle ore precedenti e che ancora sentivo ribollire dentro.

Mentre masticavo, ti ho raccontato che ero rimasto sveglio tutta la notte.

– Per il dolore?

No, cioè, non solo.

Poi ho provato a spiegarti quanto era stato terribile, in quella specie di universo parallelo, vederti vivere senza di me e sentirmi progressivamente sparire nel nulla. Tu mi hai stretto forte.

– Lo capisco. Anche per me sarebbe stato terribile.

No, amore, per te non sarebbe stato «cosí» terribile. Forse all'inizio, per un po', ma dopo l'avresti superata alla grande.

Alla grande, proprio.

Avrei voluto risponderti in questo modo, ma ho taciuto, perché mi sembrava da stronzo rinfacciarti una cosa che non avevi neanche fatto. E che comunque sarebbe stata normale.

Ecco, forse era questo che mi faceva impazzire, il pensiero che fosse tutto normale. Si esiste un po', poi si muore e si sparisce, è «normale».

– Se fossi stato a casa con me, avresti dormito.

Probabilmente sí.

– Mi sarei appoggiata sulla tua spalla, – mentre me lo dicevi ti sei appoggiata davvero, nella nostra tipica posizione, – e ti avrei abbracciato.

Il contatto col tuo corpo ha generato delle endorfine che mi hanno fatto subito sentire meglio. Non puoi rimanere in ospedale di nascosto, almeno una notte?

– Direi di no. Però lascio la suoneria, se hai bisogno mi puoi chiamare quando vuoi.

Abbiamo passato la mattina insieme e all'ora di pranzo mi hai detto che al pomeriggio dovevi andare in ufficio.

– Mi sono presa una settimana di aspettativa, ma adesso che stai meglio…

Sí, sí, certo, vai pure.

– Ci sono delle cose da finire che altrimenti…

Non preoccuparti. Anch'io devo rispondere a un po' di mail per dire a tutti che non sono morto.

Tu hai sorriso e mi sei sembrata sollevata. Ci siamo dati un bacio e ci siamo salutati.

– Ci vediamo stasera.

Mentre uscivi dalla porta mi è venuto in mente che anche la mattina dell'incidente ci eravamo detti ci vediamo stasera, poi invece non c'eravamo piú visti. Ma statisticamente è improbabile che succedano due disgrazie simili nel giro di cosí poco tempo, no?

Giorno tre

Avevo una gamba rotta, due costole incrinate, una commozione cerebrale in via di riassorbimento e una serie di abrasioni sulle braccia, ma per il resto ero a posto.

Mia madre si appostava alla mattina per chiedere aggiornamenti ai dottori. E si lamentava se davano risposte differenti fra loro: – Ma il suo collega mi ha detto...

Mamma, se fai cosí mi fanno morire solo per non averti piú intorno.

– Bravo, prendimi in giro, ma questo è l'unico modo per avere il controllo della situazione.

Sí, ma i dottori sono loro, mamma. Devono avercelo loro, il controllo della situazione. Non tu.

Lei mi ha risposto che quando il nonno con il cappello era rimasto schiacciato da una trave di legno mentre scaricava un camion, la nonna generalessa si era trasferita in ospedale e aveva dormito lí per sei mesi.

– E alla fine il nonno si è salvato.

Sí, ma le due cose non sono collegate.

– Ah, non sono collegate? Se la nonna non fosse rimasta lí, lui sarebbe morto.

Ma perché?

– Hai presente quanti pazienti ci sono in un ospedale? Secondo te i dottori riescono a dedicarsi a tutti con la stessa attenzione? No, perché hanno poco tempo. E quindi devi stargli addosso.

Cosí gli fai perdere altro tempo e ne hanno ancora meno?

– Va be', se non vuoi capire, niente.

Mia madre fa sempre cosí, se uno non è d'accordo con lei, non è perché ha un'opinione diversa, ma perché non capisce.

Quando il nonno con il cappello ha avuto l'incidente, lei aveva diciotto anni. Pensava di averlo perso per sempre, ma lui, contro ogni pronostico, era riuscito a salvarsi.

Mio padre invece, a diciassette anni, aveva perso davvero suo padre, il nonno che non ho mai conosciuto, in un incidente stradale.

Il fatto che entrambi, da giovani, avessero dovuto affrontare la perdita – o la quasi perdita – di un genitore, aveva segnato il loro rapporto con la morte. Che era antitetico.

Mia madre non ne parlava mai.

Mio padre invece ne parlava sempre.

Questa differenza si vedeva anche nelle piccole cose, tipo le raccomandazioni che mi facevano da bambino. Lei mi diceva: «Attento in bici che se cadi ti fai male». Lui invece: «Attento in bici che se cadi ti ammazzi».

Io ho sempre avuto un approccio piú simile a quello di mio padre. La morte è sempre stata molto presente, nei miei pensieri, fin dal giorno in cui l'ho conosciuta. Avevo sette anni.

– E com'eri, a sette anni?

Eri di fianco a me e mi tenevi la mano. Ti ho risposto che a sette anni ero un bambino allegro, coi capelli a scodella e una lieve forma d'asma. Facevo un sacco di domande e i miei punti di riferimento erano Topolino, le Tartarughe Ninja e le macchinine telecomandate Gig Nikko.

– In quella foto che c'è a casa dei tuoi sei uguale al piccolo Lord.

Va be', perché ero biondo e quel giorno mi avevano messo il gilet azzurro.

– Sembravi insopportabile.

Ma non è vero, ero simpatico.

Poi ti ho raccontato del cugino con lo sguardo malinconico. Quando io avevo sette anni, lui ne aveva diciassette. Abitava di fronte a casa mia, però non lo vedevo quasi mai, perché alla mattina usciva troppo presto e al pomeriggio tornava troppo tardi. Ogni tanto veniva nel mio cortile con la sua Gig Nikko pimpata e si metteva a correre con me.

– Cosa vuol dire pimpata?

Che l'aveva modificata per farla andare piú veloce. E infatti era velocissima. Alla domenica andava a farci le gare e a volte vinceva anche delle coppe. Quando insistevo me la lasciava guidare, ma io non riuscivo a gestirla e a volte la mandavo a sbattere contro il muro. Lui però non si arrabbiava. Ero il suo cuginetto piccolo, mi voleva bene e sapeva che non era colpa mia se non ero ancora bravo a guidare.

– Mi fa piacere che lo dici al passato. Come se invece adesso fossi un pilota affidabile.

Io ho sorriso appena e sono andato avanti. Eravamo lí in ospedale, senza niente da fare, se non parlare.

Ti ho raccontato di quel giorno in cui è suonato il telefono, mia madre si è alzata per rispondere e mio padre ha abbassato il volume della televisione proprio mentre la voce di lei saliva in un grido: «Cosa? Cosa è successo? No! No! No!» Ci siamo alzati anche noi e l'abbiamo raggiunta. Mia madre ha spostato la cornetta per far ascoltare mio padre. Io ero troppo basso e non sentivo niente. Solo la sua voce che chiedeva: «E i dottori, cos'hanno detto i dottori? Veniamo subito. Sí, sí, veniamo subito».

Quando hanno messo giú, ho chiesto cos'era successo.

«Tuo cugino. Ha fatto un incidente in moto».

Stava andando in un negozio specializzato Gig Nikko per comprare dei pezzi di ricambio. Ha sorpassato un camion, la macchina davanti era troppo vicina, lui non ha avuto il tempo di rientrare nella sua corsia, il furgoncino che arrivava nella direzione opposta ha frenato e ha cercato di evitarlo, ma non c'è riuscito.

Come sta?

«Non sta bene».

Si è sbucciato le ginocchia?

«Sí, si è sbucciato le ginocchia. Ma non solo».

Ho pensato subito all'acqua ossigenata, all'odore del disinfettante e forse al gesso – per farmi stare attento mi dicevano sempre: «Se ti rompi qualcosa, poi ti mettono il gesso e devi stare fermo un mese».

Mi immaginavo che anche lui sarebbe dovuto stare fermo un mese, a casa, con una gamba ingessata piena di scritte fatte a pennarello dai suoi compagni di scuola.

Due giorni dopo è venuta a trovarmi la nonna paffuta. Nonna, ma cosa ci fai qui?

«Perché, non sei contento?»

Sí che sono contento, non vieni mai.

«E invece oggi sono venuta».

Ma perché?

Mia madre le aveva chiesto di non dirmi niente, ma lei non ha resistito piú di cinque secondi. «Perché il papà, la mamma e gli altri nonni sono andati al funerale di tuo cugino».

Cosa vuol dire funerale, nonna?

«Che è morto e lo portano al cimitero».

È morto?

«Sí».

Per me a quell'età la morte era la fine di una partita al

Super Nintendo con Mario che sprofondava nella lava o veniva morso da una tartaruga assassina. Un game over reversibile che faceva ricominciare la partita. Non era niente di definitivo.

Ma poi torna, nonna?

«No, tuo cugino non torna. Mi dispiace. Vieni qui». E mi ha abbracciato.

Io mi sono avvicinato alla finestra del soggiorno e ho spostato la tenda. In strada erano appena arrivati due autobus, pieni di ragazzi della sua età che scendevano uno alla volta, con le facce tristi. Chi sono, nonna?

«Sono i suoi compagni di scuola».

E cosa sono venuti a fare?

«Sono venuti a salutarlo».

Mia madre si è arrabbiata, alla sera, quando le ho raccontato cosa mi aveva detto la nonna paffuta. Non con me, ma con mio padre. «Non pensava di fare niente di sbagliato, – l'ha difesa lui. E ha contrattaccato: – Tu e la tua famiglia fate sempre finta che la morte non esista, ma è meglio che lo scopra in fretta».

«Perché?»

«Per essere preparato».

«Non si è mai preparati».

«Be', io avrei voluto esserlo di piú».

«Sí, ma non puoi traumatizzare un bambino solo perché sei stato traumatizzato tu», poi mi ha guardato, si è accorta che li stavo ascoltando e ha smesso di parlare.

Mio padre mi ha indicato e ha detto che non ero affatto traumatizzato. Anzi, che stavo crescendo, gli sembravo sereno e imparavo sempre di piú a dare il giusto valore alla vita, alle cose importanti. E comunque la nonna paffuta a sette anni era già lí che tirava il collo alle galline con il bastone, da adulta le erano morti una figlia di nove anni e un marito all'improvviso, quindi non si poteva di certo pretendere che facesse finta, «Come fanno finta i tuoi genitori».

La nonna generalessa e il nonno con il cappello in effetti non parlavano mai della morte. Come mia madre. La nonna paffuta invece mi raccontava spesso della sua prima bambina che si era «addormentata», e del giorno in cui il nonno che non ho mai conosciuto aveva fatto l'incidente in macchina. Me lo raccontava e mi diceva: «Io ho sofferto tanto, ma adesso sono rassegnata». E anche se non ho mai capito a cosa fosse rassegnata, mi ha sempre colpito il tono sereno e dignitoso con cui pronunciava quella parola: rassegnata.

Quando il litigio fra i miei genitori è degenerato, invece di cercare di riappacificarli come facevo di solito in quelle rare occasioni, sono andato in camera, mi sono seduto sul letto e mi sono messo a pensare che del cugino con lo sguardo malinconico, da un giorno all'altro, non era rimasto piú nulla.

Solo una foto su una lapide, con attaccato di fianco l'adesivo della macchinina Gig Nikko che gli facevo sempre finire contro al muro.

Nient'altro.

Da nessuna parte.

Se avessi voluto giocare con lui, non avrei saputo dove cercarlo. E se lui avesse voluto abbracciare i suoi genitori e sua sorella, dire che gli voleva bene, che gli dispiaceva aver fatto quel sorpasso in motorino e che gli mancavano tanto, non avrebbe potuto. Perché non esisteva piú.

Quando ho finito di parlare, tu mi hai abbracciato e mi hai stretto forte.

– Perché non me l'avevi mai raccontato?

Non lo so, forse l'avevo rimosso. Ma mentre ti rispondevo cosí, mi sono reso conto che non era vero. Non ho mai rimosso nulla. Quel senso di nulla incombente, io me lo sono portato dentro per tutti questi anni.

È stata la prima notte in cui non sono riuscito a dormire.

O, almeno, la prima che ricordo.

Giorno cinque

Durante i giorni passati in ospedale non sono rimasto sempre sveglio. Ci sono stati momenti in cui la stanchezza ha preso il sopravvento e sono crollato. Ma erano sonni leggerissimi durante i quali, prima o poi, sognavo l'incidente.

E allora mi svegliavo di soprassalto.

Spaventato.

Con addosso la sensazione di stare scivolando dentro me stesso.

Il cuore batteva forte e ci mettevo qualche secondo per capire che non stava succedendo di nuovo.

Una notte, esasperato dall'ennesimo di questi risvegli improvvisi, ho preso in mano il telefono, ho digitato il tuo nome e ho fatto partire una chiamata. Ma l'ho interrotta subito, prima che suonasse.

Ho provato a distrarmi con Facebook e Instagram, poi con una partita Nba in diretta, ma non riuscivo a interessarmi a niente.

Ho giocato a scacchi online, però non ero concentrato e mi sono fatto mangiare subito la regina in modo stupido.

Sono anche andato in bagno, per l'ennesima volta, nonostante le difficoltà con la gamba ingessata.

Non sapevo cosa fare.

Il letto di fianco al mio era vuoto. Se avessi avuto un degente che russava come una motosega o si contorceva per il dolore, almeno avrei avuto una motivazione per dormire male. Mi sarei potuto lamentare. Invece ero da solo, la responsabilità era tutta mia.

Dopo mezz'ora ho preso di nuovo il telefono, ho digitato il tuo nome e ho fatto partire un'altra chiamata. Ma stavolta l'ho lasciato suonare.

Una volta, due volte, tre volte.

Quando stavo per riattaccare mi hai risposto. Avevi la voce spaventata.

– Va tutto bene? È successo qualcosa?

No, no, sto bene.

Hai tirato un sospiro di sollievo e non mi hai detto «allora che cazzo mi chiami di notte», no, sei stata gentile.

– Come stai?

Ti ho chiesto scusa per aver chiamato, ti ho detto che non avrei voluto farlo, che stavo bene, ma non riuscivo a dormire.

– Non preoccuparti, hai fatto bene, ho lasciato la suoneria apposta –. Ti sei schiarita la voce: – Mi dispiace che non riesci a dormire.

Anche a me.

– Posso fare qualcosa?

Io ti ho risposto no, non lo so. E ti ho ripetuto che mi dispiaceva averti svegliato.

– Davvero, amore, non preoccuparti, – poi ti è venuta un'idea: – Cosa ne dici se ne approfittiamo per organizzare un viaggio?

Ma di nozze?

– No, quello dobbiamo solo rimandarlo. Non ti ricordi?

Sí, sí, scusa.

– Dopo che abbiamo deciso a quando spostare il matrimonio.

Infatti.

– Intendo un altro viaggio, da fare prima, appena stai meglio.

Ci stavi già pensando da qualche giorno. Eri indecisa fra il Sudamerica, tipo Bolivia o Venezuela, e il Giappone, che però costava di piú e andava prenotato in anticipo.

– Se fossi morto, mi sarebbe dispiaciuto non vedere tutti quei posti con te.

Ti ho risposto anche a me, va bene, organizziamo. Ma quando mi hai chiesto di nuovo se preferissi il Sudamerica o il Giappone, mi sono reso conto che non sapevo cosa dirti.

Forse il Giappone.

– Perché?

Non lo so, in realtà va bene anche il Sudamerica.

– Ma c'è qualcosa che ti va di vedere?

Sí.

– Cosa? – e io avrei voluto avere una risposta da darti, ma mi sentivo come i vecchi sistemi operativi Windows quando si impallavano e c'era la clessidra in mezzo allo schermo che faceva scendere la sabbia e poi girava su sé stessa, la faceva scendere di nuovo e girava ancora, in loop, all'infinito. E potevi solo spegnerli e riaccenderli, cosa che io invece con me stesso non potevo fare.

– Ehi, ci sei ancora?

Sí, scusa, sono qui.

– Cos'hai?

Niente, ma non riesco a non pensare che…

– Che?

Che, se fossi morto, tu in Sudamerica e in Giappone ci saresti andata con qualcun altro.

– Va be', e allora? Non sei morto e quindi ci voglio andare con te. Dovresti essere contento –. E in effetti è questo che capita sempre nei romanzi e nei film. Che le persone, quando sfiorano la morte, poi apprezzano di piú la vita. Anzi, si rendono conto di quali sono le cose veramente importanti, nella loro vita.

Anch'io avevo reagito cosí, dopo il funerale del cugino con lo sguardo malinconico. Mi ero detto okay, potrei morire da un momento all'altro – come lui – e quindi, finché sono vivo, voglio dedicarmi solo alle cose che mi interessano. A quell'età in cima alla mia lista di priorità c'era il calcio. Non ne potevo piú di sentire banderuola che mi raccontava di quanto si era divertito a fare un goal o un tunnel. Mi volevo divertire anch'io. E chi se ne frega dell'asma.

I miei genitori avevano già detto di no, piú e piú volte, ma dopo il funerale ho insistito a oltranza, con una testardaggine che non credevo di avere, e li ho convinti a darmi una possibilità. Mi hanno portato da una dottoressa senza denti che mi ha fatto uscire a correre intorno all'ospedale. Mio padre si è tolto la camicia e la cravatta, è rimasto in maglietta e si è messo a correre con me, per incoraggiarmi. Quando sono rientrato, la dottoressa senza denti mi ha controllato i polmoni e ha detto che ce la potevo fare: «Basta che non prendi troppo freddo e ti cambi la maglia ogni volta che sudi».

A settembre dell'anno successivo ho iniziato. E questo è testimoniato da alcune foto di me e banderuola, sul campo da calcio, con la maglietta arancione e verde della squadra, sorridenti. A dicembre però era già la quarta volta che mi ammalavo. Di notte tossivo senza sosta e mio padre era arrabbiatissimo: «L'ho convinta io, tua madre, a farti provare, e tu mi ripaghi cosí? Devi stare piú attento! Non devi prendere freddo!» Lei gli diceva di non urlare, che non era colpa mia, poi lo faceva tornare a letto, preparava l'aerosol e si metteva sul divano con me.

Mentre il cortisone nebulizzato mi entrava nei polmoni e una parte di me avrebbe voluto piangere, sentivo una strana forma di gioia, dovuta alla consapevolezza che almeno non sarei morto senza aver giocato un po' a calcio.

E questo è stato piú o meno l'approccio che ho avuto in tutto, dai sette anni in poi. Al liceo mia madre era stupita perché non ero mai preoccupato prima delle interrogazioni o dei compiti in classe. Le dicevo mamma, non ha senso, cosa importa di un cinque o di un nove, quando starò per morire non sarà certo ai voti che penserò. Mi arrabbiavo tantissimo, invece, se per qualche motivo non potevo uscire. Se mi veniva la febbre e dovevo saltare una serata con gli amici o una partita di basket – che nel frattempo aveva preso il posto del calcio – quelle sí, erano tragedie. Potevo lamentarmi, urlare, imbottirmi di medicine a caso nella speranza di stare bene o litigare coi miei genitori perché mi lasciassero andare lo stesso, anche se stavo male.

Diventavo insopportabile.

Avevo paura di perdere dei momenti che non sarebbero piú tornati. L'idea latente della morte, per quanto possa sembrare paradossale, era la mia piú grande spinta vitale.

– E non può esserlo anche adesso?

Vorrei tanto, ma non ci riesco.

– Perché? Non hai voglia di fare un viaggio con me?

Ma certo che ne ho voglia. Però non riesco a non pensare che tutti i momenti felici che potremmo vivere a un certo punto spariranno e andranno persi nel tempo, come lacrime nella pioggia.

Ho specificato che questa similitudine non era mia, ma

di Roy Batty in *Blade Runner*, che tu comunque non hai visto e quindi puoi far finta che sia mia.

Tu mi hai risposto: – Okay. Va bene. E quindi la soluzione qual è? Che ci chiudiamo in casa, non facciamo piú niente?

Ma no, no. Facciamo tutto. Andiamo in Giappone. Andiamo in Sudamerica. Sposiamoci. Compriamo una casa. Una macchina nuova. Facciamo dei figli. E se le cose ci vanno bene compriamo una casa piú grande, facciamo altri viaggi, altri figli, cene fuori, concerti, cinema, musei, serate, investimenti, progetti, oppure ci trasferiamo lontano, tutto quello che vuoi, cerchiamo di passare piú momenti possibile insieme, di goderci la vita, di... ma mentre parlavo, senza quasi rendermene conto, ho iniziato a piangere.

Un pianto quasi impercettibile.

Tu te ne sei accorta e con la voce increspata mi hai ripetuto due o tre volte che lo capivi benissimo, come mi sentivo.

Mi hai detto: – Non hai idea di come sono stata, mentre eri in coma, – e hai aggiunto che avresti voluto restare con me per sempre. L'avresti voluto piú di ogni altra cosa.

Anch'io.

– Lo so.

Lo so che lo sai.

Poi entrambi ci siamo asciugati le lacrime. – Dài, proviamo a dormire tutti e due restando al telefono.

Va bene.

Ci siamo dati di nuovo la buonanotte e abbiamo deciso di metterci entrambi a pancia in su, con gli occhi chiusi e i telefoni appoggiati di fianco alla testa. Io alla mia destra e tu alla tua sinistra, rispettando le nostre tipiche posizioni.

Ho iniziato quasi subito a sentire che il tuo respiro diventava piú forte e profondo. Quando ho capito che eri crollata, mi sono imposto di non muovermi piú e di resistere all'impulso di parlarti.

Non volevo disturbarti ancora.

Non era giusto.

Non te lo meritavi.

Sono rimasto sveglio fino a mattina. Con la testa che mi esplodeva, ma allo stesso tempo pieno di gratitudine per come eri stata con me.

Giorno otto

Amarezza diceva sempre che il suo obiettivo, alla mattina, quando si svegliava, era riuscire a far venir sera.

Se gli chiedevi perché si era iscritto all'università, ti rispondeva «per far venir sera».

Perché ieri sei andato al cinema?

«Per far venir sera».

Perché domani esci con quella ragazza?

«Per far venir sera».

Se qualcuno gli poneva domande piú specifiche, lui era in grado di argomentare in modo dettagliato, riconducendo tutto al fatto che in un modo o nell'altro il tempo scorre e qualcosa bisogna pur fare, anche se non ha alcun senso. A quel punto chiudeva sempre con «Che amarezza».

Erano le sue due frasi tipiche, tanto quanto «non necessariamente» lo era per me e banderuola.

Durante la settimana passata in ospedale gli avevo scritto che non sapevo come far venire sera.

«Ma non ti dànno un po' di morfina almeno?»

No.

«E non c'è qualche infermiera carina?»

No.

«Non puoi fare polemica con il tuo compagno di stanza?»

Sono da solo.

«Che amarezza».

Nei lunghi momenti di solitudine avevo iniziato un'indagine introspettiva per capire cosa mi stesse succedendo e dopo una prima ricognizione sommaria, mi ero risposto che non c'era da preoccuparsi.

In fondo non avevo scoperto niente che non sapessi già.

Il pensiero della morte mi accompagnava da quando avevo sette anni e sí, certo, tante volte mi aveva tenuto sveglio la notte, ma tante altre mi aveva spronato a vivere.

Ora sí, l'idea di scivolare nel nulla stava diventando opprimente, ma solo perché ero bloccato a letto in ospedale, senza niente da fare. Una volta rientrato a casa, mi dicevo, sarebbe tornato tutto come prima.

Quando all'improvviso, in anticipo rispetto alle previsioni, il primario pelato ha firmato le carte per le dimissioni, insieme alla gioia ho provato anche una specie di timore, sapendo che non avrei piú avuto la scusa dell'ospedale. Che il mio umore, da quel momento, sarebbe dipeso unicamente da me.

Tu eri molto contenta. Sei venuta presto, mi hai aiutato a vestirmi e hai aspettato con me che venissero espletate tutte le formalità giuridico-sanitarie. Poi siamo scesi in ascensore, abbiamo attraversato il parcheggio dell'ospedale, camminando molto lentamente, e siamo saliti sulla tua macchina.

Io mi guardavo intorno, mentre tu guidavi. Vedevo viale Umberto I, la circonvallazione con a sinistra i palazzi e a destra i parcheggi di viale Timavo, poi la rotonda con l'opera di Marco Gerra che qui tutti chiamano «Mazinga», la via Emilia con le case storiche, i negozi e i chiostri di Santo Stefano, piazza dell'obelisco e piú avanti, a sinistra, proprio sopra la gelateria che ogni tre anni cambia nome, casa nostra.

Mentre per cercare parcheggio rifacevi due volte lo stesso giro, passando da corso Garibaldi per poi tornare indietro dalla circonvallazione, ho immaginato che gli anni scorressero veloci, in avanti, e modificassero tutto quello che avevo di fronte agli occhi.

Ho visto la chiesa della Ghiara crollata sotto il peso del cupolone, magari per un terremoto o una guerra, e poi ricostruita diversa, con altre finiture e altri materiali. Le case che si alzavano, si abbassavano, cambiavano il colore, la conformazione del tetto, i balconi, gli infissi. La circonvallazione che si allargava, mangiandosi i parcheggi, e poi si restringeva in un'unica corsia a senso unico, contornata da file di alberi. I lampioni divelti e ricostruiti, divelti di nuovo e infine sostituiti da altre fonti luminose. Piogge, uragani, il caldo che faceva fumare l'asfalto, la terra che si muoveva e a un certo punto inghiottiva tutto trasformando la città nel reperto archeologico di una città che veniva riscoperto chissà quando da altri mammiferi che avevano iniziato a scavare per costruire un nuovo agglomerato abitativo sopra i resti di tutti quei mattoni, di quel cemento e di quelle vite che ci stavano girando intorno, ognuno sulla sua macchina, ognuno con il suo tragitto quotidiano da portare a destinazione.

– A cosa stai pensando?

A niente.

Negli ultimi giorni avevo smesso di condividere costantemente quello che avevo in testa, perché non volevo annoiarti o essere fastidioso. Cercavo anche di non lamentarmi troppo delle notti insonni. Ti dicevo ma sí, un po' ho dormito, anche se non era vero.

Tu però ti accorgevi che ero strano.

– Non sei contento di tornare a casa?

Sí, certo che sono contento.

Quando finalmente sei riuscita a trovare un posto libero sulle strisce bianche dedicate ai residenti, hai parcheggiato la macchina, mi hai aiutato a scendere e mi hai riportato in quella che all'improvviso avrebbe potuto smettere di essere casa mia.

Dopo avermi accompagnato su per le scale e aver aperto la porta, sei tornata giú a prendere le due borse che avevamo portato a casa dall'ospedale. Era un giro che di solito avrei fatto io, ma il gesso alla gamba aveva ribaltato momentaneamente gli equilibri.

Una volta rimasto solo, mi sono guardato intorno. La sala era piena di oggetti che di per sé non significavano niente, ma la mia mente era in grado di riempirli di ricordi. Mi sono seduto sul divano, li ho guardati tutti e senza rendermene conto, cosí come avevo fatto con la città, ho iniziato a immaginarli erosi dal tempo. La libreria in discarica, i libri ingialliti, strappati e con le pagine consumate, i vasi in frantumi tranne uno, quello piú bello, recuperato e venduto in un mercatino vintage, la scala di ferro fatta a pezzi con il flessibile, fusa e riciclata, al suo posto una nuova scala in muratura, altri quadri, altre foto, altre finestre, un altro pavimento invece del parquet e altre persone che ci vivevano, al nostro posto.

Per un attimo ho avuto voglia di spaccare tutto. Poi mi è venuto in mente che i miei genitori, dopo che erano morti il bisnonno con la benda e la bisnonna cieca, avevano raso al suolo la loro casa per allargare la nostra. Non subito, avevano aspettato un paio d'anni. Per rispetto. Ma poi si erano decisi. Quando la ruspa aveva abbattuto il soggiorno dove i miei bisnonni avevano mangiato insieme per tutta la vita, io avevo provato un senso di malinconia e dolore. Che però era passato in fretta, sostituito dal pensiero che presto avrei avuto una camera da letto piú ampia, con il mobiletto porta cd che mi ero fatto costruire su misura, grande quanto una parete.

Era «normale».

Quando sei tornata in casa, hai appoggiato le borse in mezzo alla sala. Poi senza dire niente ti sei seduta sul divano e hai iniziato a baciarmi.

Finalmente abbiamo fatto di nuovo l'amore.

Nonostante il gesso.

Nonostante le costole incrinate.

Nonostante le abrasioni alle braccia che mi facevano male ogni volta che me le stringevi.

E nonostante un'immagine che andava e veniva, come un flash intermittente. L'immagine di te, sul divano di un'altra casa, che facevi l'amore con un altro uomo.

Felice.

Come eri felice di farlo con me.

Giorno tredici

Quei primi giorni a casa sono stati strani.

Mio padre e mia madre mi telefonavano di continuo, anche se io non avevo bisogno di niente.

– Ma sei lí da solo, con la gamba rotta, come fai?

In realtà l'essere «a casa da solo» era da sempre la mia condizione ideale, se non di vita, almeno di lavoro. Tuttavia mi rendevo conto che le loro premure erano piú che altro un desiderio di contatto, quindi rispondevo sempre e stavo al telefono a lungo. Poi c'erano visite improvvise di altri parenti, pranzi e momenti di socialità ai quali non mi sono mai sottratto, nonostante le due settimane in ospedale mi avessero creato ritardi su tutto quello che stavo facendo: l'adattamento teatrale di un romanzo, la traduzione di una commedia dall'inglese e un testo nuovo del quale avrei dovuto curare anche la regia. Quest'ultimo era il progetto a cui tenevo di piú, avevo fatto una gran fatica a organizzare la produzione e non potevo non finire di scriverlo in tempo.

Però ogni volta che aprivo il computer mi sentivo improvvisamente senza energie. Quindi l'invadenza familiare, in un certo senso, era anche una buona scusa per mascherare la crescente inedia.

Rispondevo alle mail o a volte ne scrivevo di inutili, per far finta di essere immerso nei vari progetti, ma non riuscivo mai a concentrarmi davvero. Le uniche attività a cui mi dedicavo con entusiasmo erano mangiare e bere.

In pochi giorni ero già ingrassato due chili.

Quando me lo facevi notare, davo la colpa al gesso. Ti dicevo stai tranquilla, appena me lo tolgono ricomincio a fare attività fisica.

Tu stavi tutto il giorno a Bologna, in ufficio, ma alla sera provavi a stimolarmi su vari fronti: «Allora, il viaggio?», «Comunque dobbiamo organizzare da capo il matrimonio, eh», «Hai cercato se c'è qualche casa nuova da vedere?», «Intanto un weekend da qualche parte?», «Ho comprato due biglietti per Londra, partiamo appena togli il gesso», «Le bomboniere le dobbiamo cambiare, perché hanno portato sfiga», «E niente Smiths durante il taglio della torta», «Se non vanno bene né il Giappone né il Brasile potremmo andare in Australia, anche se bisogna ricominciare la ricerca da capo», «Ho visto una casa con un bel terrazzo, prendi appuntamento?», «Ci sono delle persone che non vorrei piú invitare al matrimonio, facciamo finta che sei morto e quindi è saltato tutto?», «Se no in Uzbekistan?»

Io fingevo di essere interessato a tutto e cercavo di lasciarmi trasportare. Ma era come se ci fosse una barriera invisibile che mi teneva a distanza.

Una sera stavamo cenando sul terrazzino. Avevamo aperto una bottiglia di vino e cucinato dei filetti di pesce al forno con patate al rosmarino. Tu avevi apparecchiato la tavola con cura, il runner di lino, i piatti decorati a mano, ognuno diverso dall'altro, e al centro un sacchetto di carta arrotolato con dentro pane, grissini e focaccia.

La luce tagliava a metà il muro dietro al terrazzino e illuminava i tetti della via Emilia. Io ti guardavo e sentivo crescermi dentro una specie di felicità irrazionale, alla quale mi sarei voluto abbandonare con naturalezza.

A un certo punto, mentre masticavo, mi sono bloccato con la forchetta in mano e lo sguardo fisso. Tu mi hai chiesto: – Cosa c'è? – e io ti ho risposto niente.

– Sempre «niente». Però è come se ogni tanto ti scollegassi e non fossi piú qui.

Be', l'ho sempre fatto, no?

– Sí, ma adesso molto di piú.

Non lo faccio apposta.

– È abbastanza fastidioso, sai?

Scusa.

Tu cercavi di essere comprensiva, ma eri anche curiosa di capire: – A cosa stavi pensando?

Avrei potuto mentire, inventandomi una risposta innocua, invece mi è venuto spontaneo essere sincero: stavo pensando che nell'universo parallelo, dopo che io ero morto, tu avevi ricominciato a mangiare. E quello era stato il primo passo che ti aveva allontanata da me.

– Perché?

Perché mangiare vuol dire andare avanti. Qualsiasi cosa ci succeda, anche la tragedia piú irreversibile, noi ricominciamo a nutrirci. Magari non subito, a volte abbiamo bisogno di qualche giorno, ma prima o poi la fame vince su ogni altro impulso e ci riporta alla nostra funzione biologica primaria: assumere cibo, trasformarlo in energia e dopo espellerne i resti. E non dico che tu avresti fatto un banchetto, eh. Sarebbe bastato un biscotto. Un composto qualsiasi di grano, avena, cioccolato e altri ingredienti che poi, attraverso l'azione dell'apparato digerente, avrebbero rifornito il tuo organismo per farlo continuare a vivere. E quando vivi, vai avanti.

– Va be', cosa avrei dovuto fare? Lo sciopero della fame perché tu eri morto?

No, no, avresti fatto benissimo.

Figurati.

Non è mica una scelta.

Siamo programmati cosí.

Siamo uno dei tanti modi in cui il tempo agisce sullo spazio e lo trasforma. E l'energia che produciamo può andare in una direzione o in un'altra, da me verso di te, da te verso di me, ma anche da te verso un altro uomo o verso altri infiniti possibili uomini, non cambia nulla.

Poi ho chinato la testa.

– Ma scusa, qual è il problema, che se tu fossi morto io avrei continuato a vivere e magari mi sarei messa con un altro?

Non è un problema, è una constatazione.

– Ho ventisette anni. Avrei dovuto chiudermi in un convento o fare la vedova, secondo te?

Ma no.

Assolutamente.

E infatti non te ne sto facendo una colpa. Ti saresti comportata in modo normale, come fanno tutti, come avrei fatto anch'io.

È una cosa normale.

E mentre ripetevo quella parola maledetta, «normale», ho pensato per l'ennesima volta all'amore che provavi per quell'altro uomo, in quella specie di universo parallelo, e mi sono chiesto se avesse la stessa intensità che aveva quello che provavi qui, per me.

Lo so che non si può misurare l'intensità dei sentimenti, ma quella domanda mi rimbombava nelle orecchie e l'immagine del suo volto era stampata sulla retina dei miei occhi. Un volto che qui non esiste, ma in quell'universo era reale.

Erano reali i vostri momenti insieme.

I vostri ricordi.

Le vostre abitudini.

Il modo involontario e automatico con cui comunicavate.

Erano reali i vostri corpi che si sfioravano, i vostri figli, la vostra vita insieme, tutto. Ogni minuto che avevi passato con lui e non avevi passato con me.

E il punto non è tanto se l'intensità del sentimento fosse la stessa oppure no. Il punto è che questo sentimento, quello che c'era fra di noi, era completamente sostituibile.

Tu nel frattempo hai scosso la testa: – Non lo so, mi sembra assurdo che tu sia geloso di una persona che non esiste.

Ma io non sono geloso.

– E allora qual è il problema?

Il problema è che il nostro amore non ha niente di speciale.

Ti ho risposto d'impulso e mentre lo dicevo a te, era come se lo stessi dicendo per la prima volta anche a me stesso.

Tu ci sei rimasta male. Sia per la mia frase, sia perché era successo tutto all'improvviso, in controtempo, durante una serata che ti aspettavi avrebbe avuto risvolti completamente diversi.

Ti sei alzata con un movimento netto.

– Buon appetito.

Poi sei rientrata in casa, lasciando tutto il pesce nel piatto.

Io mi sono mosso piú lentamente, zavorrato dal gesso. Ti ho detto scusa, non volevo, la frase mi è uscita male. E mentre ti guardavo scendere le scale, senza voltarti, mi sono ripetuto quanto in realtà tu fossi speciale, per me. E me lo sono ripetuto con la sicurezza di sapere che anche per te valeva lo stesso: ci consideravamo speciali, l'uno per l'altra, ma in realtà non eravamo altro che due animali impegnati a fare la loro parte all'interno di un ciclo biologico.

Sono rientrato anch'io, ho raggiunto le scale e ti ho detto che mi dispiaceva aver rovinato l'atmosfera.

– Dovevi pensarci prima.

Mi sono scusato ancora e ho provato a giustificarmi. Ti ho detto che da quando mi ero svegliato dal coma non riuscivo a pensare ad altro, che ci avevo provato ma non ce la facevo, non sapevo come uscirne. E lo capivo se la frase che avevo detto ti aveva fatto arrabbiare, ma...

– Non sono arrabbiata, – mi hai interrotto tu, con la voce arrabbiata.

Io allora mi sono aiutato con la ringhiera di metallo e sono sceso dalle scale, lentamente, mi sono avvicinato e ti ho proposto di tornare almeno a finire il pesce, dài, che se no diventa freddo.

– Tanto è solo un modo per trasformare l'energia, no? Si trasforma anche se è freddo.

Be', però è meno buono.

Tu hai sbuffato, con delusione. Poi mi hai aiutato a risalire, sei tornata con me sul terrazzino e hai finito tutto, anche il vino.

Ma non mi hai piú rivolto la parola.

Giorno ventuno

Le dinamiche dei nostri litigi hanno sempre avuto un andamento riconoscibile.

C'era un momento in cui qualcosa si rompeva, per un gesto o una parola sbagliata. Seguivano giustificazioni, accuse o rinfacciamenti attraverso i quali entrambi, cercando di volta in volta di scusarci, di aver ragione o di farci capire, peggioravamo le cose. Poi arrivava un climax improvviso, cioè qualcuno diceva qualcosa di irreparabile e il dialogo s'interrompeva. Dopodiché si verificava un momento di stallo, nel quale ci limitavamo a comunicazioni di servizio tipo a che ora metti la sveglia, c'è da buttare il pattume, dove hai parcheggiato la macchina. E questa impasse poteva durare minuti, per i piccoli screzi quotidiani, oppure giorni, se i motivi del litigio erano piú profondi. Finché a un certo punto io cercavo di ricucire il nostro rapporto.

Ero sempre io a farlo.

Anche quando ero sicuro di aver ragione.

Perché non sopportavo l'idea di sprecare il tempo restando arrabbiati.

Quella volta però non sapevo come ristabilire un contatto. Mi sarei potuto scusare ancora, certo, ma non me la sentivo di far finta che dentro di me fosse tutto a posto.

Dopo qualche giorno di freddezza reciproca, una mattina, mentre ti vestivi per andare al lavoro, ti sei avvicinata: – Sai cosa dovresti fare?

No, cosa dovrei fare?

– Dovresti scriverlo.

Cosa?

– La visione che hai avuto mentre eri in coma, i pensieri che hai adesso, tutto quello che ti fa stare male.

Poi sei andata in bagno e hai preso la pochette coi trucchi.

– Magari ti aiuta a superare questa fase.

Io ti ho risposto che mi avevi stupito, che non mi sarei mai aspettato un primo passo da parte tua.

– Non è un primo passo, perché non sono arrabbiata –. E hai fatto il tuo solito sorrisetto. – Però ci ho riflettuto, in questi giorni.

Mi sono avvicinato e ti ho dato un bacio. Tu l'hai ricambiato e hai aggiunto che comunque non dovevo mai darle per scontate, le tue reazioni.

Né quelle positive, né quelle negative.

Mentre finivi di truccarti e ti preparavi per uscire, mi sono messo a pensare che in effetti avevo iniziato a scrivere proprio per quello, per «reagire» a ciò che mi faceva soffrire.

Ero al liceo, in seconda o in terza.

Seduti di fianco a me, negli ultimi banchi in fondo a sinistra, c'erano il violento, il venditore di frigoriferi agli eschimesi e il cinico silenzioso. Commentavamo tutto quello che succedeva in classe, con un'ironia greve e spietata, producendo ogni giorno almeno due o tre scambi di battute che sul momento ci sembravano indimenticabili, ma dopo qualche settimana ce le eravamo già dimenticate. Nonostante fossero quasi sempre idiozie difficili da apprezzare fuori del contesto in cui erano state pronunciate, il non riuscire a ricordarle mi provocava un senso di malinconia.

Era una forma di perdita.

Per rimediare, a un certo punto, ho iniziato ad appuntarmele sul diario. Non avevo idea di cosa fosse il teatro, ma scrivevo quello che ci dicevamo come se fossero i dialoghi di una pièce. Con i nostri nomi in stampatello, come quelli dei personaggi, e poi le battute.

Qualche giorno dopo le rileggevo e mi sentivo sollevato, perché era come se una parte di noi fosse lí, fissata su quelle pagine.

Immaginavo che un giorno ci saremmo ritrovati, a settant'anni, io avrei portato i miei diari del liceo e avrei letto ad alta voce uno dei classici haiku del cinico silenzioso, tipo: «Se Tintoretto lo chiamavano cosí perché era figlio di un tintore, tu allora dovresti essere chiamato Puttanetto». E avremmo tutti riso.

Avevo trovato un modo per trasformare un dolore, seppure circoscritto, in qualcosa che mi piaceva fare. E contestualmente avevo la sensazione di riuscire a sottrarre dei momenti alla forza distruttrice del tempo.

Di fianco al letto avevo un computer fisso e alla notte, se non riuscivo a dormire, mi alzavo e mi mettevo a scrivere.

Di tutto.

Cronache dettagliate di episodi reali che non volevo dimenticare. Poesie banalmente intimistiche per indagare come mi sentivo. E anche le prime storie inventate, perché attraverso i personaggi potevo interrogarmi con libertà assoluta su tutti quegli argomenti dei quali non sapevo cosa pensare.

Quando finalmente credevo di aver scritto qualcosa di decente – anche solo una riga – tornavo a letto soddisfatto e riuscivo quasi sempre a prendere sonno.

La mattina successiva mi sembrava tutto confuso e banale, ma almeno avevo un obiettivo: impegnarmi per diventare bravo, per riuscire a esprimermi in modo efficace e a comunicare, in primo luogo con me stesso, ma anche con gli altri.

Sí, perché la cosa affascinante era che quelle parole, una volta messe una dopo l'altra, erano lí e assumevano significato indipendentemente da me. Erano un modo per esistere, anche al di fuori dei confini del mio corpo.

Quella mattina, dopo che tu sei uscita, ho pensato che mi sarei potuto inventare una narrazione per parlare di quello che stava succedendo. E se avessi scritto qualcosa di veramente grandioso, forse avrei potuto rendere eterno il nostro amore come aveva fatto, non so, Dante con Beatrice.

Mosso da questa improvvisa scarica di umiltà, ho messo in pausa tutti gli altri progetti sui quali avrei dovuto lavorare e ho iniziato subito a prendere appunti e ipotizzare strutture narrative per questa nuova brillante idea, ma alla sera è successa una cosa che mi ha fatto bloccare.

A Firenze debuttava un mio vecchio testo, rimesso in scena da un'altra compagnia. Il teatro aveva organizzato un incontro con il pubblico, dopo la replica. Io ero stato invitato e avevo accettato di andare, ma poi avevo declinato quando ero in ospedale e credevo di restarci piú a lungo. Una volta rientrato a casa avrei potuto chiamare, dire «no, alla fine vengo», ma nel frattempo tu avevi invitato i miei amici a cena da noi, proprio quella sera.

Al pomeriggio ho mandato un messaggio a tutti gli attori. Ho augurato loro «tanta merda», anche se ormai sono piú di cento anni che la gente ha smesso di muoversi in carrozza e quindi l'eventuale presenza di escrementi di fronte al teatro non sarebbe sintomo di una grande affluenza, ma di un problema al sistema fognario. Però il modo di dire è rimasto e ai teatranti fa sempre piacere.

Poi ho aggiunto di farmi sapere com'era andata.

A cena c'erano lo spaventapasseri, amarezza, il subacqueo, il biondino col dente spezzato con la sua ragazza e il violento con moglie e figlia. Banderuola aveva detto che sarebbe venuto, ma all'ultimo era rimasto bloccato in questura con dei richiedenti asilo.

Verso le dieci e un quarto ho iniziato a guardare il cellulare, per vedere se gli attori mi avevano scritto. Era improbabile, con la durata piú o meno di novanta minuti, l'inizio fissato alle nove e un po' di ritardo endemico, la rappresentazione non sarebbe finita prima delle dieci e quarantacinque. Poi c'era l'incontro col pubblico, quindi almeno fino alle undici non mi avrebbe scritto nessuno.

Io lo sapevo, ma guardavo costantemente il cellulare.

Ogni cinque minuti.

Tu l'hai notato e mi hai fatto segno di smettere, ma io ho continuato, con regolarità. E ho controllato un paio di volte anche sui social, nel caso qualche spettatore avesse pubblicato delle foto.

Alle undici e venti gli amici si sono alzati e hanno iniziato a salutare. Mentre li abbracciavo, mi sono reso conto che la serata era finita e io quasi non me n'ero accorto.

Quando sono usciti tutti, mi hai chiesto perché avevo sempre il telefono in mano. Io ti ho risposto che volevo sapere com'era andato lo spettacolo.

– E non potevi aspettare la fine della cena?

Poi hai iniziato a sparecchiare. Io ti ho aiutata da fermo, appoggiato alla stampella, e ti ho spiegato che a tenermi cosí attaccato all'attesa di una qualche notizia non era tanto la preoccupazione per l'accoglienza dello spettacolo, ma il desiderio di sentire che le parole che avevo scritto erano state effettivamente pronunciate. Che le azioni che avevo immaginato erano state compiute. Che una parte di me, in un certo senso, era esistita su quel palco.

– E allora perché li abbiamo invitati, i tuoi amici?

Be', li hai invitati tu.

– Mi stai dicendo che tu non volevi? – e mi hai fulminato con lo sguardo.

Ma no, certo che volevo.

– Ah, ecco.

E adesso mi sento stupido ad aver buttato via il tempo che ho passato con loro, però non riesco a pensare a nient'altro.

E anche mentre ti parlavo ho guardato di nuovo il telefono, ma non mi aveva scritto nessuno.

Tu iniziavi a essere insofferente.

A mezzanotte e un quarto, ancora niente. A quel punto ho scritto io a uno degli attori, per chiedergli com'era andata. Poi sono rimasto a controllare, in piedi, appoggiato alla stampella, con il telefono sollevato a pochi centimetri dagli occhi.

– Ma stai bene?

Io mi sono girato e ti ho risposto in modo secco no, non sto bene, perché finché qualcuno non mi aggiorna, è come se lo spettacolo non fosse neanche andato in scena.

Mentre te lo dicevo, ho capito che le parole che avevo scritto, in effetti, mi riguardavano solo se riuscivo ad avere un collegamento con loro. E questa condizione di «estraneità» rispetto a ciò che io stesso avevo creato, che ora mi dava cosí fastidio ma almeno era momentanea, da morto sarebbe stata definitiva. Perché oltre a non poter andare a Firenze in un teatro, non avrei neanche avuto un dito per cliccare su un cellulare e due occhi per leggere un messaggio.

Te l'ho detto e tu non ci potevi credere.

– Cosa pensavi? Che ci fosse una specie di paradiso con il wi-fi?

Ma no.

– In cui ti arrivano le recensioni e i rendiconti della Siae.

Mi guardavi allibita e io mi sentivo come quando la nonna paffuta mi aveva detto: «Babbo Natale? Ma sono la mamma e il papà che ti comprano i regali, pensavo lo sapessi già».

Per tutti questi anni, nonostante lo scetticismo di fondo applicato a ogni possibile ambito, mi ero invece lasciato suggestionare dalle narrazioni poetiche sull'eternità dell'arte. Come se in un qualche modo certe creazioni dell'uomo potessero manomettere le leggi materiali della fisica e ingannare lo scorrere del tempo. Mi era sembrato di percepirlo tantissime volte, leggendo libri, ascoltando musica o passeggiando nei musei.

Ora invece mi sembravano tutte cazzate.

E poi «eternità», «per sempre», sono parole che non hanno senso. Ti ricordi quando siamo andati in Sicilia e abbiamo scoperto che il tempio di Zeus ad Agrigento era stato distrutto e le sue grosse pietre erano state usate per costruire il molo di Porto Empedocle?

– Sí, certo che mi ricordo.

Il piú grande tempio dell'antichità trasformato in un molo. Sulle guide c'è scritto che è stato un terribile errore e invece no, è stata una cosa «normale». Quella è la fine che faranno tutte le opere dell'uomo, sia quelle mastodontiche sia quelle piú effimere.

Non è durato il tempio di Zeus e non dureranno neppure le piramidi, il Colosseo, la Tour Eiffel, il ponte di Brooklyn. Faranno la stessa fine le tragedie greche, i quadri di Picasso, le canzoni di Bob Dylan, i romanzi di Dostoevskij e i film di Kubrick. Ma non solo, anche i canestri di Michael Jordan, i dribbling di Maradona, i racconti bellici di Giulio Cesare, i discorsi di Martin Luther King, le proteste pacifiche di Gandhi, la scoperta della penicillina, la filosofia, la scienza, la pornografia, il primo fuoco, la prima ruota, il primo treno, il primo viaggio sulla Luna, tutte le imprese che l'umanità ha fatto e tutte quelle che potrà fare, sia le piú grandi che le piú piccole.

Prima o poi ognuna di queste cose sparirà.

Sciolta dal tempo.

Senza lasciare traccia.

Anche l'amore fra Dante e Beatrice.

Anche il nostro, indipendentemente da qualsiasi cosa io possa scrivere.

E lascia perdere i miei limiti artistici, il punto è che anche un raccontino pubblicato online e letto da cinque persone non ci farebbe esistere al di fuori dei confini del nostro corpo, neppure per dieci secondi.

Tu hai infilato l'ultimo bicchiere nella lavastoviglie e hai detto: – One day I wrote her name upon the strand, but came the waves and washed it away.

Io mi sono stupito, perché come sempre eri riuscita a trovare il riferimento giusto, al momento giusto. E mi avevi anche surclassato a livello culturale, perché io avevo citato Michael Jordan e Maradona e tu avevi risposto con Coleridge.

– Va be', hai citato anche Kubrick e Dostoevskij. E comunque non è Coleridge, è Spenser.

Sei sicura? Pensavo fosse Coleridge.

– No, fidati, è una poesia di Spenser. Mi è rimasta in mente dal liceo –. E mentre lo dicevi per un attimo mi sono illuso di nuovo e ho pensato che grazie alla sua poesia, io e te ci stavamo ricordando di Spenser. Che lui stava vivendo attraverso di noi.

Ma non era vero.

Non era Spenser, era solo un nome vuoto che si riferiva in modo arbitrario a qualcuno che non esisteva piú. Lui, l'essere umano Spenser, non riusciva a sentirci mentre noi ci emozionavamo con le sue parole, perché non era piú da nessuna parte.

– Io comunque non ti avevo suggerito di scrivere per rendere eterna la nostra storia, ma per liberarti dal peso che hai addosso. Era piú un suggerimento catartico.

Poi hai detto altre cose, sul fatto che stava diventando difficile vivere con me, che non potevo ricondurre sempre tutto alla morte, alla sparizione e al nulla, che tu mi capivi e ti sforzavi di essere paziente, però cominciavi a stancarti. E se non riuscivo a trovare una soluzione da solo, forse dovevo prendere in considerazione l'ipotesi di farmi aiutare da qualcuno.

Ma io non ti stavo piú ascoltando.

A mezzanotte e cinquanta uno degli attori mi ha scritto che lo spettacolo era andato bene. Il pubblico non era particolarmente numeroso, ma aveva riso quando doveva ridere e pianto quando doveva piangere.

Gli applausi, anche se io non li avevo sentiti, erano stati lunghi e calorosi.

Giorno trentaquattro

Il ragazzo col naso da pugile mi ha telefonato almeno cinque volte. – Ho trovato dei produttori interessati alla tua sceneggiatura dell'anno scorso, – gliel'aveva fatta leggere mentre ero in coma, dicendo che era il mio testamento artistico, – dobbiamo andare a Roma a incontrarli –. Io gli ho risposto sí, va bene, fantastico, sei un grande, ma quando mi ha proposto delle date, ho sempre trovato delle scuse. Andare a Roma, cercare di convincere delle persone a investire sul mio primo film, poi riscrivere la sceneggiatura chissà quante volte, trovare gli attori, stare sul set, provare a far funzionare tutto, tanta fatica per cosa? Quello che fino a poco tempo fa sarebbe stato un sogno, assumeva sempre di piú i contorni di un incubo.

Non avevo voglia di pensare al teatro, al cinema, a niente. Ma neanche di mollare tutto e cercarmi un altro lavoro.

Per cosa?

Per evitare che finiscano i soldi, certo, è questo il motivo per cui tutte le persone lavorano, ma che senso ha?

Cosa ricava l'uomo, da tutto il suo affanno?

Mi è tornato in mente il *Qoelet*.

La gente si ricorda sempre solo «Vanità delle vanità, tutto è vanità», ma in quelle poche pagine scritte duemila anni fa ci sono frasi altrettanto confortanti, tipo «Tutte le cose sono in movimento, ma nessuno sa spiegarne il motivo», «Quello che è stato, sarà. Quello che si è fatto, si rifarà. Non c'è niente di nuovo, sotto il sole», e sempre per rimanere in tema «Non resta piú ricordo degli antichi, ma neppure di coloro che saranno si conserverà memoria presso coloro che verranno in seguito», il tutto intervallato da domandine innocue come appunto: «Cosa ricava l'uomo, da tutto il suo affanno?»

E alla fine l'autore, probabilmente re Salomone sotto pseudonimo, dichiara «Io, Qoelet, sono stato re d'Israele in Gerusalemme, ho avuto una sapienza superiore e piú vasta di quanti regnarono prima di me, ho sperimentato la scienza e la conoscenza, come anche la stoltezza e la follia, e ho compreso che tutto è vanità e un inseguire il vento». Per chiudere con un tocco d'ottimismo: «Chi accresce il sapere, aumenta il dolore».

Duemila anni dopo, mi sentivo esattamente come lui. Solo con meno sapienza e senza essere re d'Israele in Gerusalemme.

Come avevo fatto ad arrivare fino a trent'anni senza impazzire?

Voi come fate?

– Va be', ma nel *Qoelet*, se vai avanti a leggeve, poi c'è scvitto che lui, nonostante tutto, si è accovto che l'unica cosa da fave eva affidavsi a Dio.

Ero andato a pranzo con lo spaventapasseri e banderuola. Stavamo mangiando una pizza nel solito posto, dove la cameriera, appena ci sedevamo, ci faceva arrivare in automatico un piatto di patatine alla liquirizia.

– Non puoi pvendeve una citazione e poi tagliavla a metà, dài.

Guarda che la parte finale ce l'hanno aggiunta dopo.

– Questo lo dici tu.

No, lo dice la Bibbia, c'è scritto nelle note.

– Non ci cvedo.

Scommettiamo il pranzo.

– Va bene.

Banderuola stava tagliando la sua pizza vegetariana e sembrava stesse pensando ad altro, ma dal nulla se n'è uscito dicendo che era colpa del capitalismo.

– Ma cosa c'entva il capitalismo, dài.

– Be', c'entra perché se fossimo cresciuti senza niente da mangiare, se ci avessero bombardato la casa e ucciso tutti i parenti, se dovessimo lavorare in una fabbrica che produce smartphone da quando abbiamo sette anni, se ci avessero fatto sposare con uno zio che aveva trent'anni piú di noi e ci picchiava tutte le sere, se ci avessero violentato, seviziato o costretto ad attraversare il mare su una barchetta del cazzo senza neanche essere capaci di nuotare, adesso di sicuro avremmo altri problemi rispetto a stare qui con l'aria condizionata, le patatine alla liquirizia e «il senso della nostra vita».

Quindi cosa dovrei fare, secondo te? Autobombardarmi la casa, disimparare a nuotare, cercare qualcuno che mi sevizi o sposarmi con mio zio? Che fra l'altro è sempre stato molto gentile sia con me che con te.

– Non lo so cosa dovresti fare. Ti sto solo dicendo che viviamo in una società profondamente ingiusta in cui certe persone, come noi, hanno avuto il culo di essere al riparo da minacce impellenti tipo la malaria o le missioni di pace americane. Questo ci dà il tempo di pensare alla nostra vita e di darle un grande valore, per cui è normale che poi l'idea di perderla ci sembri la fine del mondo. Ma nonostante questo, succede lo stesso. C'è poco da fare.

E tu sei tranquillo?

– Per questo, sí. Mi preoccupa di piú, non so, la deforestazione dell'Amazzonia.

E di notte, quando pensi che a un certo punto sparirai nel nulla, riesci comunque a dormire?

– Sí, certo.

E come fai?

– Lo sai come faccio. Fumo un po' d'erba.

Va be', ma non tutte le sere.

– No, no, tutte. È come la camomilla. Se non fumo, non mi addormento –. Poi ha dato un morso alla pizza e lo spaventapasseri ne ha approfittato per dire che comunque stavamo dicendo solo delle cazzate perché era sbagliata la premessa: una volta morti non saremmo spariti nel nulla.

– A me in realtà non dispiace, come idea, – gli ha risposto banderuola, – anzi per certi aspetti è pure liberatorio. Immagina se uno dovesse convivere per sempre con le stronzate che ha fatto.

– Eh, ma infatti bisogna cevcave di non favne, di viveve secondo l'amove di Dio.

Sí, l'amore di uno che ci ha creato solo per farci soffrire?

– Dài, non mi sembva che tu stia soffvendo cosí tanto, non fave la vittima.

Ma lascia perdere me, pensa alle cose che ha appena detto lui. Ho indicato banderuola e ho sfoderato con lo spaventapasseri uno dei miei cavalli di battaglia, la semplificazione da pausa pranzo della teodicea: esiste il male gratuito, tipo i bambini che annegano in mare per venire in Europa; se Dio non lo ferma perché non può, significa che non è onnipotente, se invece non lo ferma perché non vuole, significa che non è buono, quindi nel caso in cui esistesse, non potrebbe essere sia onnipotente che buono.

O onnipotente e stronzo.

O buono e impotente.

Poi ho dato un morso alla mia pizza, la specialità della casa con porcini e pomodorini.

– Il pvoblema è che tu cevchi delle visposte vazionali. Ma Dio non è vazionale, – lo spaventapasseri ha bevuto un sorso di birra e ha appoggiato il bicchiere sul tavolo, con forza. – Vedi, a volte ai cvistiani sembva che, non so, i musulmani o gli induisti cvedano nel Dio «sbagliato», ma non è vevo. Dio è lo stesso, anche se le veligioni sono divevse.

Questo però cosa c'entra, scusa?

– Ma secondo te, se Dio non esistesse, a noi come savebbe venuto in mente di immaginavlo?

Guarda che ci immaginiamo anche tante altre cose che non esistono, oltre a Dio. Tipo gli unicorni.

– Sí, ma pevché siamo gli unici animali in gvado di immaginave?

Come fai a dirlo, che siamo gli unici?

– Okay, allora siamo gli unici in gvado di pavlavne, delle cose che immaginiamo, – e questa differenza, secondo lui, dipendeva dal fatto che noi esseri umani eravamo stati creati a immagine e somiglianza di Dio, – in pvincipio eva il vevbo e il vevbo eva pvesso Dio.

Io gli ho risposto che a noi il linguaggio sembra una caratteristica cosí speciale solo perché ce l'abbiamo, magari agli elefanti sembra speciale avere la proboscide, tipo «in principio era la proboscide e la proboscide era presso Dio». E lui, esattamente come avrebbe fatto mia madre, mi ha risposto: – Va be', se non vuoi capive, niente.

La sua domanda però era interessante, perché senza la capacità di parlare in modo astratto di quello che immaginiamo, non saremmo in grado di sviluppare neanche il pensiero della morte. Saremmo come tutti gli altri animali, che si nutrono, si mimetizzano, si evolvono e tendono in modo naturale alla sopravvivenza. O come le piante che allungano le radici per cercare l'acqua e s'inclinano per ricevere i raggi del sole. La morte sarebbe soltanto una circostanza concreta da evitare, ma non ci porterebbe a contemplare la nostra sparizione e quindi a interrogarci sul senso della nostra presenza.

Ma allora cosa viene prima: abbiamo inventato Dio perché ci serviva qualcosa di eterno che compensasse la nostra finitezza, o siamo in grado di pensare all'eternità e alla finitezza proprio perché Dio ci ha creati diversi da tutte le altre forme viventi?

Ovviamente non avevo risposte.

Dopo avermi aiutato a salire per le scale, banderuola mi ha salutato citando Epicuro, secondo cui la morte non può essere un problema, perché quando ci siamo noi, non c'è lei. E quando invece arriva lei, be', a quel punto non ci siamo piú noi.

Io gli ho risposto che il problema era tutto lí, nel «non ci siamo piú noi», poi l'ho abbracciato, sono entrato in casa e mi sono seduto sul divano, sollevando la gamba ingessata.

Mi avevi chiesto di trovare una soluzione e volevo provare a farlo davvero, ma prima dovevo capire in modo chiaro quale fosse il problema e lí c'era un inghippo metodologico dovuto al fatto che io non ci credo, nella possibilità di «capire».

Si può solo inventare.

O al massimo presumere.

E anche questa, in realtà, non è una posizione della quale sono convinto, ma a sua volta la presumo, in assenza di alternative convincenti.

– E quindi, cos'hai presunto?

Eravamo sdraiati a letto, uno di fianco all'altra. Ti avevo detto che avevo bisogno di parlarti e tu, anche se eri stanca, mi avevi risposto: – Okay, parliamo.

Ho mosso la mano verso il comodino e ho preso il cellulare, dove mi ero salvato la lettera che ti avevo scritto, quella che avrei voluto darti la sera prima del matrimonio e che invece era rimasta tra i file del mio computer. L'avevo riletta un paio di volte e avevo deciso di condividerla con te, in anticipo rispetto a una cerimonia che tanto non avevamo ancora riprogrammato.

– Non ho voglia di leggere.

Te la leggo io.

Ti sei stupita, di solito insistevo per far leggere te, sia perché eri piú brava, sia perché io mi concentro meglio quando ascolto. – Va bene, leggi tu, – hai spostato il cuscino e ti sei messa comoda. Io mi sono schiarito la voce e ho cominciato.

All'inizio hai riso, per l'esempio delle scimmie, e mi hai detto: – Che scemo che sei, – esattamente nel punto in cui mi ero immaginato che l'avresti fatto. Poi ti sono venuti gli occhi lucidi, durante il racconto di come si era evoluto il nostro rapporto, passando dall'amicizia alla vaga attrazione, fino a qualcosa di piú profondo.

Verso la fine c'era la digressione filosofico-scientifica, che temevo fosse troppo lunga e tu invece hai seguito con attenzione, perché a quel punto eri curiosa di capire dove volessi arrivare. Dopo il racconto del mio dialogo con il professore con la pancia a forma d'anguria, c'era scritto che per tante notti ero rimasto sveglio, pensando all'assurdità di esistere solo per poi sparire. Tu hai sbuffato appena, ma ti sei stupita quando ti ho letto che questa condizione, finalmente, riuscivo ad accettarla.

Grazie a te.

Sí, nella lettera avevo scritto proprio cosí, che riuscivo ad accettarla grazie a te.

Con un movimento dolce ti sei avvicinata, hai spostato il mio braccio e ci hai appoggiato sopra la testa, proprio mentre ti leggevo la parte in cui dicevo che quando io e te ci stringevamo cosí, nella nostra tipica posizione, era come se le stringhe che componevano il tuo corpo si aprissero per unirsi a quelle del mio. E le mie a quelle del tuo.

E non eravamo piú solo due post-scimmie unite in una relazione sentimentale-copulativa, ma qualcosa di piú: tu vivevi un po' attraverso di me e io vivevo un po' attraverso di te.

In quei momenti mi sentivo in grado di sopportare l'assenza di senso di tutto, perché almeno non la stavo affrontando da solo, ma con te.

Ti stavo leggendo una cosa che avrebbe potuto essere molto dolce, ma nella mia voce non c'era traccia di dolcezza. Solo una specie di dolore. Tu mi ascoltavi e i tuoi occhi, vicinissimi ai miei, di colpo si sono riempiti di tristezza.

– E adesso non lo senti piú?

Ho fatto molta fatica a rispondere, però mi avevi chiesto di trovare una soluzione e dopo aver ipotizzato e ipotizzato, il problema mi sembrava esattamente quello, quindi non potevo non dirtelo.

No, mi dispiace, non lo sento piú.

– Perché?

Perché se io morissi, le tue stringhe si unirebbero a quelle di un'altra persona e sarebbe la stessa cosa.

Non cambierebbe niente.

Poi ti ho detto che la mia vita, alla fine, avrei potuto

descrivertela cosí, come una serie di tentativi di sconfiggere la morte: fare, andare, godere, leggere, studiare, provare a credere, cercare di sapere, indagare, scrivere, creare, tutto nella speranza di trovare un appiglio a cui aggrapparmi, per non sprofondare in quel baratro che mi sono sempre sentito sotto i piedi.

Ma erano tentativi incompleti.

E anche l'amore verso di te lo era.

Un'ultima illusione, che prima dell'incidente riusciva ancora misteriosamente a illudermi, a farmi dormire sereno, mentre adesso non funziona piú.

Mi dispiace, ma è cosí che mi sento.

Irrimediabilmente solo, nell'affrontare qualcosa di inaffrontabile.

– E quindi cosa vuoi fare?

Ero molto colpito, perché non ti stavi arrabbiando e non ti stavi allontanando da me. Restavi lí, nella nostra solita posizione, vicinissima, cercando di capire quali fossero le mie intenzioni.

Ci ho pensato un po', ho raccolto le energie e ti ho detto che non volevo arrendermi.

Non volevo sprofondarci, in quel baratro.

Perché sarebbe stato uno spreco, un insulto nei confronti di tutte le persone che non ce l'avevano avuta, la fortuna che stavo avendo io.

E chi se ne frega se il nostro amore non è unico e non è speciale, chi se ne frega se quello che c'è fra noi è completamente sostituibile e prima o poi sparirà nel nulla, come tutto il resto.

Adesso siamo qui, insieme. È una «vanità delle vanità», certo, ma esiste e io non voglio lasciarmela sfuggire prima del tempo.

Prima di quando mi sfuggirà comunque.

Ti ho detto cosí, sforzandomi di essere convincente in primo luogo con me stesso, e sono rimasto in attesa di una tua reazione, che si è fatta attendere piú del previsto.

– Va bene, ma devi impegnarti –. E poi hai aggiunto, – Se ci tieni davvero.

Certo che ci tengo.

Te l'ho ripetuto due volte: certo che ci tengo.

Giorno cinquantacinque

Quando mi hanno tolto il gesso la prima volta, l'osso si era aggiustato male e quindi mi hanno dovuto operare e ingessare di nuovo.

Abbiamo annullato il weekend a Londra e io ti ho proposto di non prenotare piú nulla, per scaramanzia.

– Mi fa ridere quando dici «per scaramanzia», come se davvero credessi...

Va be', allora se vuoi dico di non prenotare per non rischiare di buttar via di nuovo i soldi dell'aereo.

– Sí, dài, cosí è piú coerente.

L'appuntamento per togliere il gesso la seconda volta era una ventina di giorni dopo, di venerdí. Alla mattina mi hai accompagnato in ortopedia, mi hai tenuto compagnia durante l'attesa e quando finalmente hanno detto che la gamba era a posto, mi hai proposto di partire subito, senza neanche passare da casa.

Io ti ho risposto va bene, ma vorrei guidare io.

– Perché?

Per vedere se sono ancora capace.

Siamo entrati in A1, direzione Milano, a Piacenza abbiamo preso per Torino con l'idea di decidere successivamente se voltare a sinistra verso la Liguria o proseguire per la Francia.

Nel frattempo ci siamo messi a parlare. Ti ho chiesto

come andava il lavoro, che libri stavate progettando e tu mi hai raccontato un paio di idee che ti entusiasmavano e un'altra, invece, della quale non eri affatto convinta, ma non sapevi bene come far cambiare idea ai tuoi colleghi.

Perché?

– Non lo so. A volte ho la sensazione che analizziamo i progetti con criteri diversi. Anche se i criteri, probabilmente, sono solo una cosa che ci inventiamo per giustificare i nostri gusti.

Io mi sono girato verso di te: bella questa.

– Tieni gli occhi sulla strada.

Posso rubartela?

– No, perché non sono sicura di essermela inventata io, magari l'ho letta da qualche parte e se poi la scrivi senza citare la fonte, ti dànno del cialtrone.

Ti ho risposto che eri molto premurosa e ho allungato una mano per accarezzarti.

– Non pensarci neanche.

Perché?

– Devi tenerle sul volante.

Scusa, ti ho mai dato l'impressione di essere un pilota poco affidabile?

Tu hai sorriso ancora: – Mi accarezzi poi quando ci fermiamo.

Dopo abbiamo parlato del matrimonio. Io ti ho proposto di farlo in qualche posto lontano, tipo su un'isola, e tu mi hai risposto che ti sarebbe dispiaciuto per tuo nonno, che avrebbe fatto fatica a venire. Però hai rilanciato: – Lasciamo perdere la chiesa e inventiamoci un rito nuovo, tutto nostro.

Io ero d'accordo, in linea di principio, ma avevo paura che la «messa in scena» avrebbe fagocitato l'aspetto piú importante, cioè noi due.

– Ma smettila, è solo perché hai paura di non riuscire a creare un rito abbastanza bello. Però tranquillo, posso farlo io.

Va bene, allora.

– Anche se in effetti, – ti sei corretta quasi subito, – è un attimo sbagliare qualcosa e farlo diventare una pagliacciata ridicola.

Be', quello anche in chiesa. E mi sono messo a ridere, pensando a tutte le omelie assurde che avevo ascoltato nei vari matrimoni ai quali avevo partecipato. Per un istante mi è tornato in mente anche il mio funerale immaginario, ma mi sono sforzato di lasciar scorrere via il ricordo, senza soffermarmici.

Nelle ultime tre settimane era stata questa la mia strategia: cercare di non pensarci.

Abbiamo parlato di tante altre cose, dei nostri genitori, degli impegni di entrambi nei mesi successivi e di come avremmo potuto chiamare i nostri eventuali figli.

– Solo nomi corti.

Ma non è detto, guarda che alla fine secondo me, col mio cognome, possono stare bene anche lunghi.

– Al massimo tre sillabe, non di piú.

Nel frattempo abbiamo superato la svolta per la Liguria e quindi, come se fosse stata una scelta, abbiamo proseguito verso la Costa Azzurra. Ci siamo fermati a fare il bagno a Mentone, subito dopo il confine, poi siamo ripartiti. Ho continuato a guidare io, mentre tu cercavi un hotel per la notte, a Nizza.

Alla sera stavamo camminando sulla Promenade des Anglais e tu mi hai chiesto se non avessi notato niente di diverso, in te.

Ti ho guardata da tutte le angolazioni possibili, sempre continuando a camminare, e ho ipotizzato, i capelli?

– Sí, ma la settimana scorsa.

Eh, infatti, mi sembrava.

– Hai ancora due tentativi.

Hai comprato delle scarpe nuove?

– Sí, ma non sono queste. Dài, ti do un aiuto, – e hai sorriso mostrando i denti, bianchissimi e luccicanti.

Pulizia dei denti?

– Esatto, – mi hai dato un bacio, – e dovresti farla anche tu, che non ci vai da mesi.

Va bene. Poi ho ripreso a camminare e ti ho chiesto se eri stata dal solito dentista, un amico dei miei genitori che ti avevo fatto conoscere quando il tuo era andato in pensione.

– No, sono stata da un altro.

Come mai?

– Eh, l'ho chiamato, ma non aveva posto.

L'hai chiamato? Di solito chiedi sempre a me di chiamarlo.

– Be', ultimamente non si poteva contare troppo su di te, quindi…

E non aveva posto?

– No.

Mi sono fermato e ti ho guardata, serio. Tu mi hai chiesto: – Cosa c'è? – e io ti ho ripetuto la successione degli eventi, come me l'avevi appena descritta tu: l'hai chiamato, lui non aveva posto e allora hai cercato un altro dentista.

– Sí, cosa c'è di strano?

Come mai non hai aspettato che avesse posto?

– Perché volevo avere i denti perfetti per il weekend.

Weekend che non avevamo organizzato.

– Va be', però l'avevo pensato, che saremmo potuti partire subito dopo l'ospedale. Scusa, qual è il problema?

Nessun problema, ho risposto io, ma le parole mi sono uscite con un tono seccato.

Tu hai fatto una smorfia come a dire «non capisco» e io ti ho chiesto com'era, questo nuovo dentista.

– Ma cosa te ne frega di com'era? – Mi guardavi allibita. – Cioè, sei geloso?! Sei geloso di un tizio che ho visto una volta per mezz'ora?!

Io ti ho risposto non lo so.

E poi sí.

Sí, sono geloso.

– Ma perché? Non sei geloso dei miei colleghi, di gente con cui vado a pranzo tutti i giorni e invece…

Be', andare pranzo con i colleghi è una cosa normale, invece cambiare dentista solo perché quello da cui vai sempre…

– Non ho cambiato dentista! Ci sono solo andata una volta a farmi fare una pulizia! – Hai alzato la voce e a quel punto un paio di persone si sono girate a guardarci. Tu ti sei vergognata e hai iniziato a camminare nella direzione opposta.

– Torno in albergo, buona serata.

Aspetta! E ti ho seguita, ma tu hai accelerato il passo.

– No, stai lontano.

Ho accelerato anch'io e ti ho quasi rincorsa, sul lungomare di cemento, pieno di gente che usciva per andare a correre o fare l'aperitivo. Ti sei fermata solo quando ti ho detto, alzando appena la voce per farmi sentire nonostante la distanza, che la persona che avevi sposato, nell'universo parallelo dove io ero morto, era un dentista.

Ho aggiunto che mi dispiaceva, mi dispiaceva tantissimo, ma mi era salito qualcosa dentro che non ero riuscito a controllare.

– Non ne posso piú di questo universo parallelo, – e poi

hai ricominciato a camminare, piú lentamente. Io mi sono affiancato a te, mi sono scusato di nuovo, ti ho detto che non l'avevo fatto apposta, che non sarebbe piú successo e che però potevi anche non farmi pesare cosí tanto il mio errore.

– Certo che te lo faccio pesare. Siamo qui in vacanza, va tutto bene, stiamo cercando di rilassarci e di provare a stare ancora bene insieme e tu…

Ti ho detto che non l'ho fatto apposta, cazzo!

La frase mi è uscita a un volume piú alto di quello che avrei voluto. Tu hai fatto un gesto con la mano come a dire «basta».

Ero arrabbiato. Prima di tutto con me stesso, perché non ero riuscito a trattenere quell'eruzione improvvisa. Ma in parte anche con te, che non mi permettevi di lasciarmela subito alle spalle. Avrei voluto far comparire il pulsante «torna indietro di dieci secondi», quello che c'è nei film in streaming, schiacciarlo cinque o sei volte e poi dirti soltanto ma quanto sei bella, con i denti bianchi. Invece sono rimasto in silenzio. Ho aspettato che arrivassimo di fronte all'hotel e a quel punto ho provato di nuovo a rimediare. Ti prego, possiamo non rovinarci la serata?

Tu mi hai guardato con un'aria stanca.

– Va bene.

E possiamo anche far finta che questa cosa del dentista non sia mai successa?

– No, questo no. Ma possiamo non parlarne piú.

D'accordo.

Abbiamo camminato un altro po' e siamo andati a cena in un ristorante dietro alla cattedrale, al centro della città vecchia. Abbiamo ordinato una bottiglia di Cremant e due piatti a testa, che ci siamo scambiati per assaggiarli a vicenda.

Il giorno dopo siamo stati a Grasse, abbiamo visto i

campi di lavanda e mi hai fatto riempire la macchina di saponi aromatizzati.

Non abbiamo piú parlato di quello che era successo e in generale abbiamo parlato pochissimo, fino a quando non siamo rientrati a casa.

Prima di dormire, ti ho detto è stato un bel weekend, no?

Tu hai risposto: – Sí.

Poi ci siamo dati un bacio, ci siamo voltati uno da una parte e uno dall'altra e abbiamo provato a dormire.

Giorno ottantanove

È passato un altro mese, durante il quale abbiamo cercato di stare bene, nonostante il poco tempo insieme. Tu tornavi tardi perché dovevi chiudere tutti i progetti prima della Fiera del libro di Francoforte. Eri stanca e nervosa. Io mi stavo sforzando di ricominciare a scrivere e avevo anche ripreso a insegnare all'accademia, quindi ero spesso a Milano.

Si dice sempre che «non conta la quantità del tempo insieme, conta la qualità», ma non è facile ricreare in modo intenzionale qualcosa di effimero e impalpabile come «la qualità del tempo».

Però ci stavamo provando. E non era poco.

Subito dopo la Fiera del libro c'era un concerto dei Radiohead, a Berlino. Ti ho regalato due biglietti e ti ho detto vediamoci direttamente là, puoi prendere un treno da Francoforte, no?

– No, non posso, ho una riunione importante il giorno dopo, – poi però hai controllato i voli. – Se rientriamo alla mattina presto, ce la faccio.

Ma ti va di andare?

– Sí, certo.

Era un po' come quando mi avevi raggiunto a Milano la prima volta, sempre per un concerto dei Radiohead. Solo che adesso ero io a raggiungere te.

Durante *Idioteque*, Thom Yorke era aggrappato al microfono e si muoveva come se fosse in preda a un attacco epilettico. Era sia piccolissimo, sul palco, sia gigantesco negli schermi dietro di lui. Mi ricordava un video di Ian Curtis che cantava *Transmission*, contorcendosi allo stesso modo.

Quando la canzone sarebbe dovuta finire, Jonny Greenwood ha mosso qualcosa che non ho visto bene, forse un sintetizzatore, e il suono è ripartito, in loop, facendo impazzire tutto Treptower Park.

Noi eravamo lí in mezzo, uno di fianco all'altra, coi bassi che ci facevano rimbombare gli organi interni. La folla di persone che si muoveva intorno a noi ci spostava come avrebbero fatto le onde del mare. A un certo punto Thom Yorke ha ripreso a cantare, ma non era piú il testo della canzone, erano parole incomprensibili che urlava nel microfono, dimenandosi sempre di piú, mentre la musica saliva e le luci impazzivano dall'alto verso il basso, dal basso verso l'alto, accese, spente, gialle, rosse, blu e i suoni si sovrapponevano, si mescolavano in un unico rumore di fondo che era sia fuori di noi che dentro di noi, sempre piú forte, sempre piú avvolgente, finché a un tratto, di colpo, è svanito.

Un attimo di buio, solo lo sfrigolio degli amplificatori e le urla di qualche spettatore, poi di nuovo luce, attacco di chitarra e via con un'altra canzone.

Piú il concerto andava avanti, piú io perdevo la nozione dello spazio e del tempo. Ho allungato la mano un paio di volte, per stringere la tua, ti ho abbracciata, ti ho baciata e ho cantato, insieme a te e alle migliaia di persone che ondeggiavano con noi.

Nella parte centrale di *Jigsaw Falling into Place* abbiamo urlato «Come on and let it out», una volta, due volte, «Come on and let it out», tre, quattro, cinque, sei volte, «Come on and let it out», in loop, con le braccia alzate, tutte le voci che diventavano una voce sola e quelle sei parole che stavo sia ascoltando, sia pronunciando, «Come on and let it out».

Ho avuto la sensazione di uscire da me stesso e vedere il Treptower Park dall'alto, con tutte quelle teste, quelle braccia in movimento, in luce e poi nel buio e di nuovo in luce. Era come se fossimo inquadrati da un drone che saliva, saliva, saliva finché non ci ho persi di vista. Sapevo che eravamo laggiú, a ripetere «Come on and let it out», ma non riuscivo piú a distinguere la nostra testa dalle altre teste, le nostre mani dalle altre mani. Il drone andava ancora piú in alto: il cielo, le nuvole, la sfericità della superficie terrestre e poi il sistema solare, la Via Lattea, la galassia, l'universo e da quell'infinita distanza non solo non si distinguevano piú le nostre teste, ma neppure il Treptower Park, Berlino, la Germania e l'Europa. Solo la Terra, che si vedeva appena. Un piccolo puntino dove per un qualche motivo ignoto si erano sviluppate una serie di forme di vita cellulare, pesci, uccelli, anfibi, mammiferi e anche tribú di strani bipedi, fra i quali c'erano i nostri antenati. La loro discendenza aveva superato diluvi, glaciazioni, guerre e genocidi, attraversando la preistoria, il medioevo e altri periodi che ancora non avevano un nome, scansando epidemie e persecuzioni, fino ad arrivare al nonno con il cappello che quando aveva nove anni era stato dato per spacciato a causa della pleurite. Ma lui non era morto, era guarito, era cresciuto, era diventato adulto e aveva dato il suo contributo per generare mia madre che poi aveva generato me, che esistevo solo grazie a quell'infinita somma di casualità che avevano permesso a lui e a tutti gli altri di non crepare prima di essersi riprodotti. E lo stesso si poteva dire per te, che esistevi, fra le altre cose, perché i tuoi bisnonni non erano stati scoperti e fucilati, quando erano scappati dall'Istria e avevano dovuto cambiare cognome. Se anche uno solo dei nostri innumerevoli antenati non ce l'avesse fatta, lí in mezzo alla polvere a cantare «Come on and let it out» ci sarebbe stato qualcun altro, magari con un patrimonio genetico molto simile al nostro. Ma non saremmo stati noi, quei due puntini ondeggianti sotto le luci dei fari.

La mattina successiva, mentre l'aereo stava per decollare, ho provato a parlarti di questa catena di casualità, ma tu mi hai interrotto subito: – Non cominciare, ti prego.

A fare cosa?

– Quello che stai per fare.

E cosa sto per fare, scusa?

– Lo sai.

No, non lo so.

– Per favore, è stato un bel concerto, una bella serata, siamo stati bene insieme.

Infatti.

– Non rovinare tutto.

Ma io non voglio rovinare niente. Stavo solo condividendo una cosa che ho pensato durante il concerto. Tu hai scosso la testa e io ti ho chiesto ma perché fai cosí?

– Perché ho sonno, quando arriviamo ho una riunione e non ho voglia di restare tutto il giorno di cattivo umore perché tu…

Ma io cosa? Se non sai neanche dove volevo arrivare.

– Be', lo immagino.

Allora immagini male.

– Ah, sí? Non stavi per dirmi che rispetto alla vastità dell'universo siamo piccoli e insignificanti e che la mia testa, vista dall'alto, avrebbe potuto ballare con te, ma anche con qualsiasi altra persona, tipo un dentista tedesco, e sarebbe stato uguale? Non volevi dirmi questo?

No.

– Bugiardo.

Ma perché sei cosí prevenuta?

Tu ti sei messa a ridere, ma era una risata isterica, senza nessun divertimento: – Prevenuta? Come se in questi tre mesi non mi avessi fatto mille discorsi come questo, come se…

Va bene, ma ho smesso.

– Ah, hai smesso?

Sí, ho smesso.

– Non è che solo perché non ne parli…

Non ne parlo perché cerco di non pensarci. Provo a godermi i momenti con te. E anche adesso volevo solo dirti che ero contento, ero contento che una serie innumerevole di eventi casuali mi avesse portato a esistere e a essere lí, insieme a te, a urlare «Come on and let it out».

Tu mi hai risposto che quando uno è contento, non ha bisogno di dirlo continuamente.

– Tu invece lo dici perché non lo sei. Ti sforzi di esserlo, ma non lo sei.

E chi lo sa, se avevi ragione oppure no.

Nel mio cervello non ci sono frasi di senso compiuto tipo: «Sono contento», «Non sono contento», «Sto bene», «Sto male», «Sono sincero», «Sto facendo finta», ma solo sinapsi che si uniscono e ghiandole che rilasciano sostanze. L'unico modo per sapere veramente cosa succedeva sarebbe stato aprirmi la testa in due e poi avere strumenti abbastanza precisi da poter dissezionare ogni piccolo movimento. Però anche a quel punto, per parlarti di ciò che avevo dissezionato, avrei dovuto usare delle parole che comunque sarebbero state metaforiche, incomplete, arbitrarie e allusive. Quindi mi sono limitato a dirti che stavo facendo il possibile e a chiederti di aiutarmi a lasciarmela alle spalle, questa fase della vita.

Tu non hai risposto, ma dopo qualche minuto mi hai preso la mano.

– Grazie per aver organizzato questo weekend. È stato un bel concerto.

Io mi sono sentito sollevato.

Poi l'aereo è decollato e tu hai chiuso gli occhi, appoggiata sulla mia spalla.

Giorno centoquarantaquattro

Circa due mesi dopo sono andato di nuovo in Francia, da solo. All'interno di un festival di teatro avevano organizzato la lettura scenica di un mio testo.

Mentre guidavo verso l'aeroporto di Linate, ho telefonato al violento. Lo facevamo spesso, di chiamarci alla mattina presto, durante i viaggi in macchina. Lui stava andando nelle Marche, per una vertenza sindacale. C'erano stati dei problemi e il violento, in quanto responsabile delle risorse umane, avrebbe dovuto risolverli.

Abbiamo fatto qualche commento sulla situazione politica italiana, poi lui mi ha parlato del nuovo tour dei Rancid.

– L'anno prossimo vengono a Lucca, insieme ai Green Day, ci andiamo?

Non saremo troppo vecchi?

– Se non sono troppo vecchi loro, non lo siamo neanche noi.

Va bene, tu mandami un video mentre canti *Roots Radicals* alla riunione sindacale e io ci vengo. Poi gli ho detto ma queste persone, che fra poco ti vedranno in giacca e cravatta, con la barba rasata e la faccia da bravo ragazzo con gli occhiali, cosa penserebbero se io gli mandassi un video di quando ad Amsterdam rubavi i souvenir nei negozi e lanciavi i sassi nei canali urlando «patatuuuuum»?

– Se lo fai, ti ammazzo.

Si è messo a ridere e ha aggiunto che tantissime volte, durante quel tipo di riunioni, gli veniva voglia di dare pugni alla gente, strapparsi la camicia e mettersi a urlare che non capivano un cazzoooooooooo e che erano degli sfigaaaaaaati, ma non lo faceva, perché si sforzava. – E mi sforzo talmente bene che ci credono, eh, mi dànno del «lei», mi chiamano «dottore», – poi ha fatto un urlo senza senso. – Io comunque i biglietti li compro, poi se non vieni son cazzi tuoi, – e mi ha salutato in modo sbrigativo, perché nel frattempo gli stava telefonando sua moglie.

Mentre ero in aeroporto, in fila per i controlli, ho pensato che il violento, alla fine, non si stava solo sforzando di recitare la parte del responsabile delle risorse umane. No, lui «era» un responsabile delle risorse umane.

L'impegno che ci metteva per tenere a bada la sua indole lo definiva tanto quanto la sua indole stessa. C'era un equilibrio, fra queste due forze e fra mille altre, e lui era lí, in mezzo a quell'equilibrio.

Come ogni persona.

Anch'io stavo facendo qualcosa di simile. Mi ripetevo continuamente «sei fortunato, devi solo apprezzare quello che hai», e desideravo che questo sforzo mi definisse piú del baratro che ogni tanto, di notte, continuavo a sentire sotto i piedi.

E mi sembrava di starci riuscendo, soprattutto con te.

Nelle ultime settimane non c'era stato nessun conflitto. Avevamo fatto colazioni a letto, cene sul divano abbracciati a guardare film, giri in bicicletta, qualche weekend in altre città, qualche sbronza e tanti programmi per il futuro. Stavamo anche organizzando di nuovo il matrimonio. «Quando torni dalla Francia scegliamo bene quali invitati eliminare, okay?»

Va bene. E nonostante sapessi che avremmo eliminato quasi solo i miei, di invitati, perché erano di piú, non vedevo l'ora di mettermi lí, con te, a tirare delle righe su un foglio pieno di nomi.

Il festival era organizzato in una vecchia abbazia medievale. C'era gente da tutta Europa. Autori, registi, attori. E un gruppo di allievi che restavano tre settimane, per seguire corsi, incontri e laboratori.

Gli spettacoli iniziavano dopo pranzo e andavano avanti fino a sera. Dopo cena, in una specie di tensostruttura montata in mezzo al giardino dell'abbazia, si poteva bere e ballare tutta la notte.

Fra gli allievi c'era questa ragazza francese con i capelli rossi. Studiava recitazione, ma era iscritta anche a Filosofia. È stata lei ad avvicinarsi a me. Mi ha fatto delle domande sul mio testo, abbiamo parlato del senso che poteva avere il recupero della forma drammatica all'interno del teatro postmoderno e intanto abbiamo bevuto cinque o sei birre. Quando è arrivata l'ora di salutarci, perché la mattina dopo lei aveva un laboratorio e io dovevo prendere l'aereo, mi ha dato un bacio sulla bocca e si è ritratta subito. Poi mi ha detto: – Ciao, – ma è rimasta lí.

In quel momento avrei potuto colmare la pochissima distanza che separava le nostre bocche, ricambiare il bacio e proporle di venire in camera mia. Oppure voltarmi, risalire le scale di quell'ex abbazia francese e buttarmi a letto, da solo.

Dovevo scegliere cosa fare e avevo una finestra di tempo brevissima. Due, tre secondi. Al massimo quattro, poi lei se ne sarebbe andata. E quella possibilità, che era apparsa all'improvviso, sarebbe scomparsa di colpo, per sempre.

Lei stava per voltarsi e andarsene davvero.

Dovevo decidere.

Non fare nulla sarebbe stata comunque una scelta.

Per un istante coesistevano due possibilità inconciliabili: io da solo e io con lei. Era un po' come il gatto del paradosso di Schrödinger, che finché l'osservatore non apre la scatola è potenzialmente sia vivo, sia morto.

Qui però non dipendeva tutto da un evento subatomico che poteva realizzarsi oppure no, ma solo da una mia decisione, che dovevo compiere in fretta.

Stretto fra quelle pulsioni opposte, mi è tornato in mente il mio primo bacio.

A te avevo raccontato della ragazza con i capelli ricci che mi aveva dato quattordici baci il giorno del mio quattordicesimo compleanno, ma non era stato quello il mio «vero» primo bacio.

Un paio di settimane prima ero in vacanza a Minorca con i miei genitori, in uno di quei grandi villaggi turistici nei quali poi non sono mai piú tornato. Una sera due ragazzi piú grandi di me avevano provato a convincermi a fare una passeggiata al buio con una ragazza inglese. Anche lei piú grande di me. Io avrei voluto rifiutare, però uno di questi due ragazzi aveva insistito, «Ma sei scemo, quando ti ricapita?» Io allora avevo pensato che in effetti, se al ritorno fosse caduto l'aereo, quella avrebbe potuto essere la mia ultima occasione per fare una passeggiata al buio con una ragazza. Quindi l'avevo seguita nelle strade nascoste del complesso turistico e appena arrivati in una via abbastanza buia lei si era fermata, mi aveva girato prendendomi per le spalle e mi aveva infilato la lingua in bocca. Quello era stato il mio vero primo bacio. Umido, goffo e impacciato. E anche abbastanza breve, perché dopo qualche minuto mi ero sentito in imbarazzo ed ero scappato via.

La mattina successiva, quando mi avevano chiesto com'era andata, avevo risposto che ero contento di sapere che non sarei morto senza aver mai baciato una ragazza.

In realtà ero anche un po' triste, perché sentivo di aver

buttato via una «prima volta» e di aver tradito la fiducia della ragazza coi capelli ricci che il giorno precedente, con uno dei primi sms dall'Emilia Romagna alla Spagna, mi aveva promesso quei quattordici baci. Ma sapevo anche che se non avessi accettato sarei rimasto sveglio tutta la notte, «Hai sprecato un'opportunità», «Scemo», «Poteva essere l'ultima».

A distanza di sedici anni mi sentivo di nuovo cosí.

Le ho detto buonanotte, mi sono avvicinato per darle un bacio sulla guancia, di commiato, ma sono rimasto lí e dalla guancia sono passato alla bocca. Dopo qualche minuto stavamo già andando su per le scale, insieme.

Durante il volo di ritorno, mentre l'aereo superava i Pirenei e poi le Alpi, ho pensato che se fosse effettivamente precipitato, almeno sarei stato tranquillo rispetto alla ragazza francese. Mi sarei detto ecco, fra un attimo mi schianterò, il mio corpo andrà in mille pezzi, tu piangerai un po' e poi ti rifarai una vita con un'altra persona. Nel frattempo io sarò sparito nel nulla, ma almeno l'ultima notte della mia vita l'avrò passata con una bella ragazza francese.

Invece l'aereo ha volato tranquillo, senza turbolenze, e con una morbidezza inusuale è atterrato a Linate.

Durante il viaggio in macchina ho pensato di non dirtelo e fare finta di niente, ma appena ti ho vista ho sentito il desiderio di raccontarti tutto.

Tu non ti sei arrabbiata.

Eri colpita, perché non te lo aspettavi.

E profondamente delusa.

Ho provato a dirti che mi dispiaceva, che mi ero lasciato coinvolgere dalla situazione, ma mi sentivo ridicolo. Non c'erano attenuanti. Avevo scelto di farlo e l'avevo fatto.

Tutto qui.

Non è che durante gli anni passati con te, l'attrazione verso le altre ragazze fosse scomparsa. Come immagino non fosse scomparsa in te quella per gli altri ragazzi. Però l'avevo sempre tenuta a freno. L'avevo relegata nel campo delle ipotesi senza trasformarla in azioni concrete. E non voglio dirti che l'ho fatto per correttezza, per senso morale o perché creda che in natura esista la monogamia. L'ho fatto per non mancarti di rispetto, ma soprattutto perché avevo paura di distruggere quello che c'era fra di noi, di perderti.

– E adesso non ce l'hai piú, questa paura –. Non me lo hai chiesto, me lo hai detto.

Adesso so che potrei perderti comunque, in qualsiasi momento. Che non dipende da me. E neanche da te.

– Sono tutte scuse per giustificare il fatto che ti sei voluto divertire.

Poi ti sei messa la giacca e sei andata via.

Senza urlare, senza sbattere porte e senza piangere.

Io non sapevo cosa fare.

Non ti ho fermata, mentre uscivi, però ho provato subito a telefonarti. Una volta, due volte, tre, fino a quando tu non hai bloccato le mie chiamate. L'ultima cosa che mi hai scritto, prima di bloccare anche i messaggi, è stata: «Evidentemente quello che c'era fra di noi non era cosí forte».

E dopo qualche secondo, «Mi dispiace».

Alla sera, mentre cenavo da solo con una poke bowl d'asporto, ho preso il cellulare, ho guardato un po' di nostre foto, proposte in modo casuale dalla cartella immagini, e ho pensato a tutti i momenti insieme, a quanto ti conoscessi e a quanto tu conoscessi me. Alla profondità del nostro rapporto. E mi è venuto da piangere.

Eppure non riuscivo a fare a meno di pensare che la profondità ha valore solo se esiste un tempo in cui svilupparla. Senza la prospettiva della durata, c'è solo un presente perpetuo che riparte da zero tutte le mattine: ogni giorno è il primo e potrebbe essere l'ultimo.

In una condizione esistenziale del genere come fanno ad avere senso i progetti, le relazioni e le rinunce?

Come si fa a non pensare che contiamo solo noi, il nostro corpo e i nostri desideri?

Certo, sentivo già la tua mancanza, ma allo stesso tempo mi dicevo che quella mancanza era solo il residuo di un'illusione.

Ci raccontiamo tante cose, ma in fin dei conti non siamo altro che post-scimmie.

Mangiamo, godiamo e ci battiamo i pugni sul petto.

Tutto il resto è maquillage sociale.

Giorno duecentotrentatre

Erano passati tre mesi dal mio viaggio in Francia e stavo giocando a scacchi con banderuola.

Sorprendentemente, invece dei soliti argomenti astratti, stavamo parlando di te.

Due settimane dopo essertene andata, mi avevi scritto un messaggio per dirmi che potevo restarci io, a casa nostra. Tu eri tornata dai tuoi e nel frattempo avresti cercato un altro posto.

Ti avevo risposto che per me non c'erano problemi e potevi starci tu, ma il messaggio non ti era mai arrivato. Mi avevi già bloccato di nuovo.

Qualche sera dopo mi hai scritto che il giorno successivo saresti venuta a prendere le tue cose. Io avrei avuto una riunione a Milano, ma ho inventato una scusa e ho chiesto se potevo collegarmi online.

Quando ho sentito girare la chiave nella porta, mi sono alzato di scatto, ho chiuso il computer e ho spostato con un gesto della mano le briciole di grissini alle olive rimaste sul tavolo.

Di solito, quando lavoravo a casa da solo, stavo scalzo, in pantaloncini corti e usavo le magliette bianche con i bottoni in alto, quelle vecchie e un po' consumate che non mi sarei mai messo, per uscire. Quel giorno mi ero fatto due docce, una appena sveglio e una dopo essermi aggiustato la barba, poi avevo indossato dei pantaloni lunghi neri, leggeri ma con un taglio che a te piaceva, e una maglietta nuova, una delle mie preferite, infilata nei pantaloni con la cintura di pelle che mi avevi regalato tu. Mi ero spruzzato un po' del profumo che avevamo scelto insieme e mi ero lavato i denti sei volte. Dopo ogni grissino, tornavo in bagno a lavarmeli.

Sei entrata dalla porta con una grossa valigia. Quando mi hai visto, ti sei stupita e mi hai detto: «Ciao». Io ero in piedi, di fianco alla scrivania. Mi hai guardato dalla testa in giú, hai notato le differenze rispetto al mio solito look casalingo e hai sorriso.

«Stavi per uscire?»

No, volevo lasciarti un buon ricordo. Poi mi sono avvicinato e ti ho chiesto se ti andava di sentire anche il profumo, ma tu mi hai risposto di no: «È troppo tardi, per lasciare un buon ricordo».

Sarebbe stato meglio se non mi fossi mai svegliato dal coma, eh?

Non so perché ho detto quella frase, mi è venuta in mente e prima ancora che il mio cervello facesse in tempo ad attivare l'autocensura, la bocca l'aveva già pronunciata. Tu hai scosso la testa come a dire «siamo ancora allo stesso punto di prima, eh», poi hai aperto la valigia.

Dentro ce n'era una piú piccola e dentro a quella, una ancora piú piccola. Cos'è, una matrioska?

Le hai stese in sala, una di fianco all'altra, poi sei salita per i gradini di metallo e hai raggiunto la nostra camera. Avrei voluto seguirti, ma non l'ho fatto. Ti ho vista scendere, dopo qualche minuto, con le braccia piene di abiti, pantaloni, camicie e maglioni. Ti do una mano?

«No, grazie».

Hai messo tutto nella valigia piú grande e hai fatto altri tre giri, su e giú, su e giú e poi di nuovo, su e ancora giú. In pochi minuti le tre valigie si sono riempite di vestiti.

Hai tirato fuori dalla tasca della giacca una borsa della spesa, di quelle di plastica dura. Era arrotolata su sé stessa, l'hai aperta e dentro ce n'erano altre quattro. Ne hai presa una e sei salita di nuovo. Ti ho sentita aprire la porta del bagno e svuotare il mobiletto di fianco al lavandino. Le altre tre borse le hai appoggiate di fronte alla libreria e hai iniziato a prendere i libri.

Erano tutti mescolati e ammucchiati senza un criterio. Hai fatto molta fatica a trovare i tuoi, per separarli dai miei. Ti ho detto che mi dispiaceva non averli mai messi in ordine e tu hai fatto una smorfia come a dire «non è vero, non te n'è mai fregato niente».

Quando avevi quasi finito, ti ho chiesto dove saresti andata, se dai tuoi genitori o da qualche altra parte.

«Non sono piú cose che ti riguardano».

Poi mi hai detto che saresti dovuta tornare a prendere alcuni piatti e bicchieri a cui tenevi, altre cose dal bagno e oggetti vari che però in quel momento non sapevi dove mettere. Ma avresti preferito che io non ci fossi.

Mentre riempivi l'ultima borsa di plastica, ho pensato che se avessi avuto i poteri di un cavaliere Jedi, avrei fatto un gesto con la mano e avrei rimesso tutto al suo posto, in un secondo, i tuoi trucchi, i tuoi saponi e la tua piastra nel mobiletto del bagno, i tuoi vestiti nel nostro armadio e i tuoi libri sugli scaffali bianchi, mischiati ai miei.

Sentivo un istinto che mi spingeva a cercare di rimediare, ma non sapevo come, quindi mi sono limitato a dirti che mi dispiaceva.

«Per cosa?»

Per la ragazza francese.

«Non conta niente la ragazza francese».

E allora perché ci stiamo lasciando?

«Per tutto il resto».

Poi ti sei girata, con in mano gli ultimi due libri, un romanzo della Némirovsky e *Arancia meccanica* di Burgess, che ti avevo regalato io per Natale, tanti anni fa, quando eravamo ancora solo amici. Mi hai guardato e mi hai chiesto: «Avresti voluto che fossi morta anch'io?»

In che senso?

«Se tu fossi morto in quell'incidente, avresti voluto che fossi morta anch'io?»

Era una domanda che non mi aspettavo.

Troppo precisa.

Troppo a fuoco.

Sono rimasto in silenzio per un paio di secondi, lunghissimi, poi ti ho risposto di no.

No, non avrei voluto che fossi morta anche tu.

Però avrei voluto che il tempo si fermasse, quello sí. Avrei voluto che il mondo si cristallizzasse, come in un diorama, perché solo in quel modo avrei potuto restarci attaccato.

Continuare a farne parte anch'io.

Ma è impossibile fermare lo scorrere del tempo. Lo sarebbe stato in quell'universo, dove io ero morto, e lo è anche in questo, dove tu te ne stai andando da casa nostra. Perché altrimenti, se il tempo si fermasse, l'universo collasserebbe su sé stesso.

Hai appoggiato i due libri e hai legato le estremità delle borse. Ti ho aiutata a portarle giú, insieme alle valigie, poi ti ho guardata caricare tutto nel bagagliaio, salire e chiudere la portiera. Ti ho detto ciao, dal finestrino, e ho seguito con gli occhi la tua auto, che si infilava tra le altre e spariva dietro gli alberi di corso Garibaldi.

– Scacco.

Io e banderuola eravamo sul terrazzino, seduti uno di fronte all'altro.

Mi stai sul serio mettendo sotto scacco con un pedone?

– Perché, non si può?

No, no, si può.

E gliel'ho mangiato.

Lui a sua volta ha mangiato il mio, con l'alfiere, e mi ha detto che comunque, anche se mi mancavi, dovevo guardare l'aspetto positivo. – Almeno puoi pensare che il vostro amore era fantastico e tu hai rovinato tutto perché sei un coglione.

E cosa c'è di positivo, scusa?

– Eh, che ti sei risparmiato la fase calante. Tipo che ti sposi, fai dei figli, invecchi, sei sempre piú stanco, stressato e a un certo punto ti accorgi che siete solo due coinquilini che devono gestire una casa, dei bambini e una serie di impellenze quotidiane che non vi lasciano tempo per niente. Guardi l'altra persona, ti accorgi che l'amore è svanito e non riesci neanche piú a ricordarti com'era, quando c'era. Invece cosí te lo ricordi. Hai rovinato tutto in un momento in cui potevate ancora essere felici.

Continui a non consolarmi.

– Ma io non voglio consolarti. La consolazione è un sentimento reazionario. Scacco.

Io ho spostato il re e lui si è bloccato, pensando alla mossa successiva, ma poi si è distratto e mi ha detto: – Dài, avete fatto come Michael Jordan dopo il tiro contro Utah del '98, vi siete ritirati al massimo della forma.

Be', al nostro massimo c'eravamo prima dell'incidente.

– Quasi al massimo, dài.

E comunque Jordan poi è tornato a giocare con gli Wizards.

– Perché non stava bene, lontano dal basket.

Gli ho risposto che neanch'io stavo bene, lontano da te.

– E allora chiamala.

Non mi risponde, mi ha bloccato.

– La vera domanda è: se ti rispondesse, sapresti cosa dirle? – Poi ha mosso la torre.

Io gliel'ho mangiata e lui, a sua volta, ha mangiato la mia.

Dopo un paio di altre mosse apparentemente innocue, di posizionamento, se n'è uscito con: – Dovresti fare come Castaneda.

E chi è Castaneda?

– Ma come, non lo conosci?

No.

– Va be', lui comunque ha passato dieci anni in Messico, con uno sciamano che lo ha iniziato ai riti della stregoneria antica, basati sull'uso di sostanze psicotrope, tipo il peyote. A un certo punto racconta che si è trasformato in un corvo e ha volato per tutto il mondo, vedendo posti in cui non era mai stato e alla fine, quando è tornato indietro, ha chiesto allo sciamano se si era trasformato «davvero» in un corvo. Cioè, se qualcuno lo avesse visto da fuori, avrebbe visto delle piume e un becco, oppure no? E lo sciamano gli ha risposto che non era la domanda giusta, perché non era una questione di piume o di becco, ma di esperienza.

E questo cosa c'entra, scusa?

– Eh, c'entra perché la domanda che ha fatto lui allo sciamano è tipo le domande che ci facciamo noi, ma sono domande sbagliate perché pongono l'attenzione solo sull'aspetto razionale e non su quello spirituale –. Poi ha mosso il cavallo, per indietreggiare e proteggere l'altra torre, che gli stavo minacciando con la regina.

– C'è un passaggio, in uno dei suoi libri, in cui dice che troppa lucidità rende ciechi. E il nostro problema è questo, la razionalità.

Credevo fosse il capitalismo.

– Alla fine sono la stessa cosa.

Quindi hai deciso di iniziare a coltivare peyote?

– Ci ho pensato, ma in Emilia c'è il clima sbagliato. E poi non so, in realtà ho anche smesso di fumare l'erba.

Davvero?

– Sí.

Perché?

– Guarda, ho trovato questo negozio indiano che vende delle tisane incredibili e adesso mi bevo quelle, alla sera, – e ha spostato l'alfiere. – Te lo consiglio, se non ci sei mai stato. È nella via dietro al Valli, dove una volta c'era il *Metal Box*.

Mentre io pensavo al tempio delle mie scoperte punk sostituito senza pietà da un negozio indiano, e allo stesso tempo cercavo di capire come non lasciare scoperto il re, banderuola mi ha spiegato che nell'ultimo periodo stava cercando altri approcci, altri modi per relazionarsi al mondo, tipo lo yoga, la meditazione, il sesso tantrico.

E ci riesci, a fare sesso tantrico?

– No, zero.

Ah, ecco.

– Sto anche studiando i tarocchi, ma ho la sensazione che non riuscirò mai a capirli fino in fondo. Il problema è che siamo nati in Occidente negli anni Ottanta, c'è poco da fare, siamo privi di spiritualità e ragioniamo cosí, in modo binario: la relazione, la non relazione; fare una cosa, non farla; la vita, l'assenza di vita; il senso, l'assenza di senso. Invece non è per forza cosí. Ci possono essere punti di unione, fra tutte queste cose, anche fra la vita e la morte. Scacco.

Io sono rimasto concentrato su quello che stava dicendo e quando ho abbassato gli occhi sulla scacchiera, mi sono reso conto che era scacco matto.

– Hai ragione, cazzo, non me n'ero accorto, pensavo che potessi indietreggiare e invece c'è l'alfiere. Grande alfiere! – L'ha preso in mano, gli ha dato un bacio e l'ha sollevato come se fosse un trofeo.

– Vuoi la rivincita?

Sí.

Ero seccato di aver perso cosí, in modo stupido, quindi ho messo in stand-by tutti gli argomenti di cui stavamo parlando e per quei dieci minuti sono riuscito a pensare solo ai pedoni, ai cavalli e alle torri.

Sulla scacchiera è tutto chiaro e limpido. Le mosse possibili sono illimitate, ma ognuna di loro è definita da regole precise e confini comprensibili. Non so chi sia stato a paragonare la vita a una partita a scacchi, ma chiunque fosse, ha detto una cazzata. Gli scacchi sono esattamente l'opposto della vita.

Sono difficili, ma in un altro modo.

Alla fine ci siamo mangiati la maggior parte dei pezzi a vicenda. Io però sono riuscito a rimanere con un pedone in piú che si è involato a fine scacchiera e ce l'ha fatta a diventare una regina. Banderuola ha spinto a terra il suo re, con l'indice della mano sinistra.

– Facciamo la bella?

No, restiamo in parità.

– Va bene.

Poi ci siamo salutati, lui è sceso, ha preso la bici ed è tornato a casa sua, mentre io sono rimasto su quello che una volta era il nostro terrazzino.

Mi sono aperto un'altra birra.

Da solo.

Giorno trecentosettantasette

Ho parcheggiato la macchina nel cortile del cimitero, ma non sono sceso.

Sono rimasto seduto ad ascoltare *Tangled Up in Blue* di Bob Dylan. Gli alberi secchi del viale si riflettevano negli specchietti, nonostante la nebbia che offuscava tutto.

Ho aspettato che la canzone finisse, poi ho spento la radio. Sono sceso dalla macchina, l'ho chiusa e sono entrato, senza farmi il segno della croce.

Ho camminato fra le lapidi ordinate e anche se sapevo esattamente dove andare, ogni tanto ho rallentato e mi sono guardato intorno.

Come facevi sempre tu.

Ho ripensato a tutti i cimiteri che mi avevi fatto visitare. Il piú assurdo è stato quello in un'isoletta minuscola della Grecia, Othoni. Da raggiungere a piedi, in salita. C'era un caldo incredibile, ti avevo ripetuto almeno dieci volte che non aveva senso, ma tu c'eri voluta andare lo stesso e alla fine ero venuto anch'io. Una trentina di tombe storte sull'erba bruciata dal sole.

Ti avevo chiesto se ne era valsa la pena e tu mi avevi dato un bacio, «Dài, torniamo in spiaggia».

Proprio mentre ripensavo a quel momento, ecco che ti ho vista.

Eri lí.

In piedi.
Di fianco alla tomba della nonna paffuta.
Hai sollevato la testa e mi hai guardato.
– Cosa ci fai qui?
È mia nonna. Cosa ci fai tu?
– Non era ieri il funerale?
Sí. Pensavo che saresti venuta.
– Non avevo voglia di incontrare tutti i tuoi parenti –. Hai fatto una pausa. – Davvero pensavi che sarei venuta?
No.
– E tu perché sei venuto oggi?
Perché speravo di trovare te.
Tu non hai reagito e hai cambiato argomento. Mi hai detto che ti dispiaceva per la nonna paffuta. Ti ho risposto che aveva novantasei anni, era serena e mio padre le era stato vicino fino all'ultimo momento. Però mi sono venuti gli occhi lucidi.
E anche a te, ne sono sicuro. Ma nessuno dei due è riuscito a vedere quelli dell'altro, perché avevamo entrambi gli occhiali da sole.
Poi ti ho chiesto se ti andava di prendere un caffè.
– Va bene.
Mi sei sembrata tranquilla e un po' mi è dispiaciuto. Avrei voluto vederti agitata, come lo ero io. Ma se anche lo fossi stata, non me lo avresti mostrato.
Siamo entrati in un bar a caso, vicino al cimitero. Abbiamo ordinato due caffè macchiati e non ci abbiamo neanche provato, a parlare del piú e del meno.
– Perché volevi vedermi? Ti manco?
Sí. E io ti manco?
– No –. Ti sei messa a ridere.
Ci avrei scommesso che avresti risposto cosí.

– Vuol dire che sono prevedibile?

No, vuol dire che ti conosco.

Mi hai chiesto cosa stavo facendo e io ti ho raccontato che mi era tornata la voglia di scrivere.

– Ah, sí?

Sí. Sto scrivendo una cosa, s'intitola *Non ha senso che il sole sorga, se io non posso vederlo*. Ti piace?

– Un po' pretenzioso.

È la storia di un personaggio che non accetta l'idea della morte e quindi, per risolvere il problema, ha avuto un'intuizione geniale: costruire una bomba atomica.

– Una bomba atomica?

Sí, la costruisce, la collega a un orologio e collega l'orologio al suo cuore: finché il cuore batte, non succede niente, ma quando il cuore smette di battere, l'orologio manda un impulso alla bomba, l'esplosione fa collassare il nostro pianeta e distrugge l'intero universo. A quel punto, se non esiste piú niente, non esiste piú neanche la sua morte.

– Sí, ma a lui cosa gliene frega? Tanto è morto lo stesso.

Be', certo, dopo che è morto non gliene frega piú niente. Però cambia tutto prima, mentre è vivo.

– Perché?

Perché cosí può ricominciare a camminare in un parco senza pensare che i suoi organi decomposti serviranno a nutrire quegli alberi, può tornare a fare il bagno in mare senza pensare che la sua carne sciolta evaporerà e diventerà acqua, può tornare a guardare negli occhi la donna che ama senza pensare che da un momento all'altro potrebbe perderla.

– E se l'ha già persa?

Nella storia che sto scrivendo non l'ha ancora persa. Ma se anche fosse, potrebbe sempre provare a riconquistarla, no?

– Be', io se fossi in lei scapperei il piú lontano possibile, da uno cosí.

Perché?

– Ma scusa, è il tipico atteggiamento da fidanzato assassino. Sai quelli che non accettano che la ragazza li lasci e poi la uccidono?

No, ma cosa c'entra? Il mio personaggio non è mica una persona violenta. Lui accetterebbe senza problemi di essere lasciato. Quello che non accetta è di venire separato da lei per colpa di qualcosa che non dipende da loro, di essere investito da un camion, di avere al suo interno una cellula che gli provocherà un tumore, quello che non accetta è il suo destino naturale.

– E non ti sembra una cosa un po'…

Un po'?

– Un po' contro natura.

Sí, certo, ma non ci vedo niente di strano. Noi esseri umani abbiamo sempre combattuto contro quello che la natura aveva previsto per noi.

Pensaci.

Verrete mangiati dagli animali piú grandi di voi – e noi abbiamo inventato le armi.

Verrete schiacciati dagli agenti atmosferici – e noi abbiamo costruito le case.

Verrete uccisi dalle malattie – e noi abbiamo inventato la medicina.

Le nostre tappe evolutive si sono fondate su questo, sul rifiuto del nostro destino naturale, cioè la morte. E anche adesso gli uomini piú ricchi della Terra non si accontentano di vivere fino a novant'anni, ma investono miliardi per studiare come sostituirsi gli organi e rigenerarsi le cellule, per arrivare a un secolo, due secoli, tre secoli. Lottare contro la natura è una caratteristica «naturale» della nostra specie. Forse la principale.

– E però il protagonista della tua storia, invece di provare a diventare abbastanza ricco da farsi sostituire gli organi e rigenerare le cellule, vuole costruire una bomba per spazzare via tutto?

Sí, perché per quanti soldi tu possa aver speso, ci sarà sempre una macchina che sbanda, un elicottero che cade, un piede che scivola o un poveraccio che ti pianta un coltello nella pancia per rapinarti. Invece la bomba è una soluzione definitiva. Perché non allunga il tempo di qualche anno, ma lo ferma per sempre.

Tu ci hai pensato un po' e poi hai scosso la testa, perplessa.

– Mmm.

Cosa c'è?

– Non mi convince.

Be', per adesso è una bozza. Ci sto lavorando.

– E dopo che ha costruito questa bomba, secondo te il tuo personaggio riesce a vivere con serenità?

Sí. Cioè, immaginavo di sí.

– Nonostante la consapevolezza che nel momento in cui morirà, ucciderà anche otto miliardi di persone?

Sí, ma aspetta, non è che lui fa morire otto miliardi di persone che altrimenti, senza la sua bomba, sarebbero vissute per sempre. Lui fa morire persone che sarebbero morte comunque, quindi non altera il loro destino. Al massimo lo anticipa.

– Non è una cosa da poco, eh.

Se la guardi nell'ottica degli anni, no, ma in quella dei millenni...

– Va be', comunque, a parte questo, ci manca lo stesso qualcosa.

Cioè?

– Non lo so, mi sembra strano che lui costruisca la bomba e riesca a vivere sereno.

Be', è un lieto fine. Ho scritto un sacco di testi in cui morivano tutti o quasi tutti, per una volta non posso concedermi un bel lieto fine?

– Secondo me, un personaggio che vuole fare una cosa del genere, come minimo deve perdere tutto quello che ama. Tipo Anakin Skywalker.

Cosa? Cos'hai detto?

– Anakin Skywalker.

Io non ci potevo credere. L'hai guardato? Hai guardato *Star Wars*?

– Sí. Quando eri in coma –. Come sempre, eri contenta di avermi stupito.

Perché l'hai guardato?

– Mi sembrava un modo per starti vicino.

E perché poi non me l'hai detto?

– Aspettavo il momento giusto.

Per cosa?

– Per stupirti.

E ti è piaciuto?

– No. Ma ho capito perché piace a te. Ti immedesimi in Anakin.

Perché anche lui da bambino era biondo coi capelli a scodella?

– Perché anche lui non riesce ad accettare l'idea della morte.

Nell'episodio III di *Star Wars*, Anakin continua a sognare la morte di Padme e questa ipotesi lo fa impazzire. Allora va a parlare con il maestro Yoda e gli chiede come può fare, per convivere con le sue visioni di morte.

Yoda gli risponde: «La paura della perdita conduce al lato oscuro».

E poi: «La morte è una parte naturale della vita».

E ancora: «L'attaccamento porta alla gelosia, che è l'ombra della cupidigia».

Allora Anakin gli chiede: «Cosa devo fare, maestro Yoda?»

E lui gli risponde: «Impara a lasciare andare tutto ciò che temi di perdere». Concetto simile alla rassegnazione della nonna paffuta, che infatti era una sosia non verde del maestro Yoda: tutto torna.

Ti ho fatto notare questa somiglianza, sia contenutistica che estetica, e tu ti sei messa a ridere. Poi ti sono venuti gli occhi lucidi e stavolta me ne sono accorto, perché non avevi piú gli occhiali.

La nonna paffuta era sempre stata dolce con te. Quando ti vedeva, ti chiamava per nome, ti abbracciava e ti chiedeva di raccontarle qualcosa.

Dove abitavamo.

Cosa facevamo.

Non lo chiedeva a me, ma a te. E poi ti ascoltava a bocca aperta, sempre di buon umore. Era come se attraverso le tue parole immaginasse un po' la nostra vita, lontano dalla casa di campagna che lei non lasciava piú da anni, per nessun motivo.

Hai deglutito e sei tornata su *Star Wars*.

– La dinamica funziona perché Anakin vorrebbe salvare il suo amore per Padme, ma nel tentativo disperato di diventare abbastanza potente da riuscirci, finisce per trasformarsi in un mostro e quindi perde tutto. Anche la storia del tuo personaggio dovrebbe andare cosí.

Tipo?

– Non lo so, che ci mette vent'anni a costruire la bomba e poi, quando ci riesce, la donna che amava si è dimenticata di lui. O magari è morta, ancora meglio. Cosí sí che sarebbe una bella storia.

Hai ragione. Anche se ti ricordo che Anakin si redime. Nel finale, quando salva Luke.

– Eh, fai redimere anche il tuo personaggio. Nel finale, quando si accorge che ha buttato via per sempre tutto quello che non accettava di perdere.

Triste, ma funziona.

– Grazie. Ti mando la fattura.

E la mia?

– Cosa?

La mia storia. Come dovrebbe finire?

– La tua non è una storia. Tu sei vivo davvero.

E in effetti questa non è una differenza da poco. Se studi le strutture narrative classiche, t'insegnano che il personaggio principale ha una ferita, la affronta senza avere gli strumenti per farcela e infatti a un certo punto sembra fottuto, ma proprio quando arriva nel punto piú basso, il punto di morte, ecco che scatta qualcosa, in lui, che lo fa cambiare, cosí si evolve, trova dentro di sé quello che gli serve per superare le sfide che ha di fronte e alla fine della storia, in un certo senso, la sua ferita è «curata». Ma questa è solo la trasposizione narrativa di una visione del mondo fondata sul peccato originale e sulla redenzione. Serve a far funzionare un certo tipo di film, ma non è detto che abbia veramente a che fare col funzionamento degli esseri umani.

Non tutti, almeno.

Io ci ho provato, ma non ci riesco proprio a immaginare la mia vita come un percorso evolutivo. La immagino molto di piú come un pinco-panco perenne, in equilibrio fra l'entusiasmo e la malinconia.

Una notte tornavo in macchina da Milano, era stata una bella serata, avevo visto uno spettacolo noiosissimo, ma poi avevo cenato con un gruppo di amici, bevuto vino buono, parlato con alcune ragazze carine. Mentre guidavo, ho pensato che alla fine ero riuscito a far venir sera in modo piuttosto soddisfacente e allora ho mandato un messaggio ad amarezza, che mi ha risposto subito: «Che cazzo mi scrivi alle tre di notte? Lo sai che tengo la suoneria accesa perché sono paranoico. Volevi svegliarmi? Comunque non stavo dormendo». E dopo qualche minuto, ovviamente: «Che amarezza».

Mi sono fermato in autogrill a prendere un caffè e quando sono risalito in macchina ho guardato il sedile del passeggero, vuoto. Ho pensato che se avessi potuto scegliere una persona, fra tutte quelle che esistevano e che erano esistite nei secoli dei secoli, una sola, da avere lí di fianco per far venire sera, avrei scelto te.

Ma l'avevo pensato perché era davvero cosí o solo perché si finisce sempre per desiderare ciò che non si ha – o che non si ha piú?

Non lo sapevo.

Non sapevo niente.

Trent'anni pieni di domande, senza mai una cazzo di risposta.

E ora che finalmente avevo l'occasione di parlarti, avrei voluto dirtelo, che probabilmente no, non ci sarei mai riuscito, né a trovare una soluzione, né a guardare le cose da altre prospettive e neppure a rassegnarmi. Alla morte, all'irreversibilità del tempo, al fatto che sia tutto un grande spreco di energia. Però mi sentivo scemo, a non sprecarla insieme a te, la mia energia.

Avrei voluto dirtelo, ma oltre a sembrarmi una frase

un po' banale, non ero sicuro che fosse realmente cosí. E comunque sapevo già che mi avresti risposto: «Dovevi pensarci prima di rovinare tutto», allora ho scelto un approccio diverso.

Ti ho detto che la nostra relazione, ormai, era rovinata e irrecuperabile. Però i tuoi commenti su quello che stavo scrivendo mi avevano appena dimostrato, per l'ennesima volta, quanto avessi bisogno dei tuoi feedback letterari.

Quindi, anche se non vuoi piú stare con me, che ne diresti se ti mandassi una mail, ti facessi leggere quello che ho scritto finora e poi ci vedessimo per parlarne?

Dopo puoi anche mandarmi la fattura, se vuoi. Ma preferirei pagarti la consulenza con qualche cena o con qualche viaggio. Ho guardato un po' di mete e mi piacerebbe andare in Armenia.

Tu sei rimasta impassibile e hai scosso appena la testa, per creare un po' di suspense. Io ero lí, in attesa, come le prime volte in cui ti chiedevo di uscire insieme, con messaggi ai quali tu non rispondevi mai subito.

Ho sperato che facessi uno dei tuoi soliti sorrisetti e mi dicessi: «E lo Sri Lanka no?»

Invece ti sei incupita.

Come se qualcosa si fosse rotto per sempre e ormai non dipendesse piú neanche da te.

Mi hai detto solo: – Mi dispiace, – poi ti sei alzata, mi hai abbracciato e sei andata via.

Giorno seicentodieci

Ho sognato che ci sposavamo.

Io dormivo a casa dei miei genitori e alla mattina, appena sveglio, iniziavo a prepararmi. Loro erano emozionati, soprattutto mia madre. Me ne accorgevo perché le tremavano le mani, mentre mi stringeva il papillon.

Un po' alla volta sono arrivati tutti. Banderuola, la cugina bionda, lo spaventapasseri, gli altri parenti e gli altri amici. L'imprevedibile è andato a controllare se il muretto dei vicini fosse ancora in piedi, mio padre lo ha accompagnato e gli ha dato una pacca sulla spalla. Il violento continuava a versarmi dei bicchieri di vino.

– Dài, bevi, che i matrimoni da sobri portano sfiga.

Quando sei entrata dalla navata centrale, con la luce alle spalle che ti scontornava i bordi, sembravi finta. Come mi eri sembrata finta subito dopo il risveglio dal coma. Poi durante la celebrazione ho avuto la sensazione che il sacerdote dicesse qualcosa di simile a quello che nell'universo parallelo aveva detto al mio funerale. E cioè che il desiderio di credere in Dio, in qualche modo, ci avvicina a Dio, anche se non ci crediamo.

Mi sono chiesto quale dei due sacerdoti stesse copiando l'altro e per un attimo mi sono distratto. Ma poi ho pensato chi se ne frega degli universi paralleli, stai concentrato su questo, sul presente che stai vivendo.

Tu eri bellissima.

A parte il naso che ti stava crescendo sempre di piú.

– Ma smettila.

Ho notato anche qualche piccola ruga intorno alla tua bocca. Rughe di espressione, dovute al fatto che hai sempre riso tanto. Le ho guardate, ho immaginato come avresti potuto essere da vecchia e ho pensato che sarebbe stato bello avere il culo di riuscire a vederti davvero.

La festa è volata. Eravamo sulle colline, al tramonto, e non c'era né troppo caldo, né troppo freddo. Non ho idea di come fosse il cibo perché quasi non sono riuscito a mangiare. Il truck dedicato ai cocktail però è stato un successo. Il barman mi aveva detto «Abbiamo alcol per stare qui fino alle cinque del mattino», invece alle due e mezza mi ha salutato.

– Guarda, lo so che è incredibile, ma abbiamo finito tutto. Quindi, se per te va bene, noi ce ne andremmo.

In quel momento ho visto l'imprevedibile e il violento seduti su un muretto con tre cocktail a testa che mi facevano «okay» col pollice e mi dicevano di lasciarlo andare, che loro erano a posto. Ho capito che non c'era stata una divisione equa fra gli invitati.

– Ma l'open bar è come la savana. E noi siamo i leoni.

Tu hai parlato con alcune amiche di Londra che non vedevi da tanto tempo, hai scherzato coi tuoi parenti e io con i miei. Dopo una decina di minuti in cui non c'eravamo visti, ci siamo stretti forte e ci siamo dati un bacio. Sono sicuro che entrambi abbiamo pensato che quel momento avrebbe potuto non esserci e per il resto del mondo non sarebbe cambiato niente, ma per noi no, sarebbe cambiato tutto.

Siamo rimasti in trenta a ballare fino all'alba. Poi siamo

finiti a fare colazione al bar, alle otto di mattina. Tu eri ancora vestita da sposa. Il ragazzo col naso da pugile ha ordinato un erbazzone e una birra. L'imprevedibile non ci poteva credere.

– Dopo tutto quello che abbiamo bevuto? Ma tu sei un grande –. Poi si è rivolto alla barista: – Ne prendiamo due. Offro io.

E abbiamo brindato di nuovo, chi con le birre, chi coi caffè.

A noi.

Alle cose effimere.

A tutto.

Io e te ci siamo dati l'ennesimo di tanti baci.

Poi siamo andati a letto e ci siamo messi abbracciati nella nostra tipica posizione. Tu eri distrutta. Io sentivo lo stomaco in via di organizzare un colpo di stato, però non avevo voglia di alzarmi. La luce del mattino entrava appena dalle intercapedini delle finestre, ma non cosí tanto da disturbarmi. Ero stanco, eppure sentivo che non ero ancora pronto per dormire.

Allora ho cercato di concentrarmi su qualcosa di rilassante. Mi è venuto in mente che il personaggio della storia che stavo scrivendo, una volta finita la bomba, avrebbe dovuto costruirne due, di orologi. Uno per lui e uno per la ragazza che amava. Poi collegarli ai loro cuori. E quando uno dei due avrebbe smesso di battere, l'impulso sarebbe partito e avrebbe fatto scoppiare la bomba. Cosí l'altro sarebbe rimasto da solo per due o tre secondi, non di piú.

Una volta me lo avevi detto anche tu, no, che per due persone che si amano la cosa migliore sarebbe morire contemporaneamente.

– Sí, infatti è una bella idea, ma perché distruggere tutto? Non basterebbe collegare gli orologi, non so, a un veleno istantaneo. Cosí muoiono insieme, ma solo loro due.

Però sarebbe molto meno scenografico. E poi, anche simbolicamente, distruggere tutto è un modo per dire che il loro amore è piú forte del tempo.

– Per dirlo a chi? Se poi la bomba fa morire tutti.

A Dio.

Pensaci, se la bomba atomica fosse cosí potente da creare una singolarità, cioè un buco nero, questo risucchierebbe tutto, la Terra, il sistema solare, la Via Lattea, l'universo intero e quindi anche Dio che a quel punto, se mai è esistito, sparirebbe insieme al resto della materia. Farebbe la stessa fine alla quale ha condannato noi. Non è affascinante?

– Non lo so. Mi sembra una cosa un po' gratuita.

Ma no. E anche lasciando perdere Dio, se consideri che il mondo prima o poi finirà comunque, per un disastro climatico, per una guerra nucleare o per il Sole che si trasformerà in una gigante rossa, non è molto piú poetico che finisca per un gesto d'amore di due persone che non accettano di essere separate?

Tu ci hai pensato un po' e poi mi hai chiesto se ero proprio sicuro che avrei voluto far finire il mondo insieme a te.

Io non lo sapevo ma ti ho risposto sí, certo.

– Questa è una bella cosa da dire alla tua neomoglie. Grazie.

Poi mi hai dato un bacio e hai chiuso gli occhi.

Anch'io li ho chiusi e ho avuto la sensazione di addormentarmi. Invece, proprio allora, mi sono svegliato.

Ci ho messo un po' ad accettare che fosse tutto un sogno.

Sono rimasto con gli occhi chiusi e ho pensato che magari, da qualche parte, esisteva davvero un universo parallelo in cui tu eri tornata da me, ci eravamo sposati e in quel momento stavamo dormendo abbracciati.

Ho preso in mano il telefono e mi è venuta voglia di chiamarti, ma non l'ho fatto, perché fra di noi non c'era piú niente che giustificasse una chiamata notturna. E comunque non avrei avuto niente di diverso da dirti, rispetto all'ultima volta in cui avevamo parlato.

Non ci vedevamo né scrivevamo da circa otto mesi.

Avevo mandato un messaggio a quella che avrebbe dovuto essere la tua testimone, lei mi aveva risposto e mi aveva detto che avevi preso un appartamento in affitto a Bologna, per essere piú comoda con il lavoro. Mi ero stupito che non avesse fatto resistenza, tipo «No, io non posso dirti niente, se vuole te lo dice lei». Sicuramente te lo aveva chiesto e tu le avevi risposto: «Sí, va bene, diglielo pure». L'avevi fatto perché volevi che lo sapessi e speravi che venissi a cercarti? Oppure perché non te ne fregava piú niente?

Magari nel frattempo, durante una pausa pranzo, avevi conosciuto un dentista e ti stavi già innamorando di lui.

O magari invece no.

È stato quello il momento in cui ho deciso di scriverlo davvero, tutto quello che ci era successo. Non tanto per l'illusione stupida di renderlo eterno o per sperare in una qualche catarsi, ma per procurarmi una scusa piú efficace rispetto alla storia dell'uomo che voleva costruire la bomba atomica. «Ehi, ciao, come stai? Lo sai che ho scritto un testo che parla di noi? Lo devi leggere per forza».

O magari un romanzo.

Ero sdraiato a letto, al buio, ma la luce dell'alba entrava appena dalle intercapedini delle finestre. Ho allungato il braccio verso il comodino e ho aperto il cassetto dove avevo messo le nostre foto. Le avevo tolte una notte, dopo che una ragazza con cui ero uscito mi aveva chiesto cosa ci facessero, alle pareti, sui mobili e attaccate al frigo tutte quelle foto della mia ex.

Mi aveva fatto uno strano effetto sentirti nominare come «la mia ex».

Ne ho presa una a caso, me la sono avvicinata e l'ho guardata, con gli occhi socchiusi.

C'eravamo noi due che ridevamo, sulla spiaggia di Levanto.

Tu avevi i capelli corti e io ero senza barba.

Eravamo inquadrati bene.

Esattamente al centro.

Uno di fianco all'altra.

Me la sono appoggiata di fianco, poi mi sono girato, ho chiuso gli occhi e ho iniziato a ipotizzare la struttura del romanzo che avrei potuto scrivere per raccontarti come alla fine, nonostante tutto, non avevo risolto niente.

Una narrazione divisa in due parti.

La prima incentrata sulla specie di sogno di quando ero in coma e la seconda con quello che era accaduto dopo. La divisione in capitoli sarebbe stata scandita dal passare dei giorni, ma la progressione non poteva essere casuale, tipo «giorno uno, giorno sedici, giorno tremilaquattrocento», no, ci volevano dei criteri – ovviamente arbitrari – ma che avessero, se non un senso, almeno una motivazione.

Ho provato a pensare alle successioni numeriche che avevo studiato al liceo – senza ricordarmele – poi mi sono chiesto da cosa sarei dovuto partire e a quel punto, di colpo, mi è venuto in mente un potenziale titolo: Tentativi di sconfiggere la morte.

Sí, bravo, figurati se dopo tutto quello che è successo ho voglia di leggere una cosa scritta da te con la parola «morte» nel titolo.

Sei tu?

Certo che sono io.

Sei qui o ti sto immaginando?

Mi stai immaginando.

Non ti sentivo parlare da tantissimo tempo, ma la mia mente era ancora in grado di riprodurre l'intonazione della tua voce, *cerca di non farmi dire cose banali però*, e anche il tuo solito modo di ribattere.

Ti manco?

Sí, e io?

No, tu no.

Lo sapevo che avresti risposto cosí.

Ti manco solo perché ti rispondo cosí?

Non lo so.

Non sai mai niente.

No.

Mentre il nostro dialogo procedeva spedito nella mia fantasia, ecco che quasi senza accorgermene sono scivolato di nuovo nel sonno.

Un sonno leggero e fragile.

Ma prima di risvegliarmi per l'ennesima volta, ho fatto in tempo a sognare ancora un po' e le sinapsi mi hanno riportato lí, a una scena di quello che avrebbe potuto essere il nostro matrimonio.

Era quasi mattina e stava per sorgere il sole. Eravamo rimasti in una trentina, a ballare e cantare. A un certo punto banderuola è andato in macchina e ha preso una lanterna cinese che aveva comprato il giorno prima. L'ha aperta, l'ha preparata e ci ha chiamato: – Dovete accendere voi la candela.

Che candela?

– Qua sotto. Per farla volare.

Non puoi farlo tu?

– No, no, è una tradizione, devono farlo gli sposi.

Una tradizione di dove?

– Ma boh, una tradizione che mi sono inventato io stamattina, dài, venite qui.

Noi ci siamo presi per mano e insieme, col tuo accendino, abbiamo acceso la fiamma.

Il fuoco ha gonfiato il piccolo pallone aerostatico costruito con lo stesso principio della mongolfiera e la lanterna cinese ha iniziato a volare, ma banderuola aveva slegato male un filo, quindi era tutta storta.

– No, cazzo.

Dopo un attimo la fiamma ha incendiato la parte che stava tirata verso il basso e la lanterna, in pochi secondi, mentre saliva nel cielo, si è infuocata, ha girato su sé stessa due o tre volte e poi è tornata giú.

Noi abbiamo guardato il suo volo goffo e ridicolo che s'interrompeva all'improvviso e ci siamo messi tutti a ridere.

Mentre il fuoco della lanterna si spegneva sull'erba bagnata dell'alba, io ho stretto forte la tua mano.

E tu hai stretto forte la mia.

Nota al testo.

Lo scorrere dei giorni che determina la scansione dei capitoli è basato su due successioni numeriche.

Nella prima parte si tratta di una successione (X+X+1) scelta dall'autore per rappresentare l'espansione esponenziale del tempo. Ogni intervallo di giorni fra una scena e l'altra, infatti, è appena piú lungo del doppio del tempo trascorso fra le due scene precedenti.

Nella seconda parte si tratta della sequenza di Fibonacci (1, 1, 2, 3, 5, 8...), che fra i molteplici significati e rimandi è presente in natura all'interno di fenomeni di crescita come ad esempio la disposizione delle foglie lungo il ramo di una pianta o la distribuzione a spirale dei flosculi delle margherite e dei semi di girasole.

I versi della canzone in epigrafe sono tratti da *La morte (non esiste piú)* di Baustelle. Testo e musica di Francesco Bianconi. © 2012 EMI Music Publishing Italia S.r.l. / Warner Chappell Music Italiana S.r.l. Tutti i diritti riservati per tutti i Paesi. Riprodotto su autorizzazione di Hal Leonard Europe BV (Italy).

Il verso a p. 88 è tratto dalla canzone *Don't Call Me White* dei NOFX. Testo e musica di Michael J. Burkett. © 1994 NOFX Music (c/o Songs Of Universal, Inc.) Amministrato in Italia da Universal Music Publishing Ricordi S.r.l. Tutti i diritti riservati per tutti i Paesi.

I versi a p. 128 sono tratti dal sonetto *One Day I Wrote Her Name upon the Strand* di Edmund Spenser.

Il verso alle pp. 148-51 è tratto dalla canzone *Jigsaw Falling into Place* dei Radiohead. Testo e musica di T. Yorke / C. Greenwood / J. Greenwood / E. O'Brien / P. Selway. ©2008 Warner Chappell Music Ltd. Su licenza di Warner Chappell Music Italiana S.r.l.

Le citazioni a p. 131 sono tratte da *Qoelet* 1, 2; 1, 3; 1, 8-9; 1, 11-14; 1, 18. La traduzione è un libero riadattamento dell'autore del testo ufficiale della versione CEI 2008.

La citazione a p. 134 è tratta da *Giovanni* 1,1 versione CEI 2008.

Indice

Parte seconda *La mia vita senza di te*

*Questo libro è stampato su carta contenente fibre certificate FSC®
e con fibre provenienti da altre fonti controllate.*

FSC www.fsc.org
MISTO
Carta da fonti gestite
in maniera responsabile
FSC® C115118

*Stampato per conto della Casa editrice Einaudi
presso ELCOGRAF S.p.A. - Stabilimento di Cles (Tn)
nel mese di gennaio 2024*

C.L. 26209

Edizione						Anno			
1	2	3	4	5	6	2024	2025	2026	2027